南山一夜

刘玉栋

——

著

四川人民出版社

图书在版编目（CIP）数据

南山一夜 / 刘玉栋著. —— 成都 ：四川人民出版社，
2025. 1. —— ISBN 978－7－220－13938－3

Ⅰ. I247. 7

中国国家版本馆 CIP 数据核字第 20248PQ792 号

NANSHAN YIYE

南山一夜

刘玉栋　著

责任编辑	王其进
责任校对	申婷婷
封面设计	张　科
内文设计	张迪茗
责任印制	祝　健
出版发行	四川人民出版社（成都三色路 238 号）
网　　址	http://www. scpph. com
E-mail	scrmcbs@sina. com
新浪微博	@四川人民出版社
微信公众号	四川人民出版社
发行部业务电话	(028) 86361653　86361656
防盗版举报电话	(028) 86361653
照　　排	四川胜翔数码印务设计有限公司
印　　刷	成都国图广告印务有限公司
成品尺寸	143mm×210mm
印　　张	7. 75
字　　数	120 千
版　　次	2025 年 1 月第 1 版
印　　次	2025 年 1 月第 1 次印刷
书　　号	ISBN 978－7－220－13938－3
定　　价	48. 00 元

目 录

CONTENTS

001　　南山一夜

027　　幸福的一天

053　　给马兰姑姑押车

075　　火色马

095　　乡村夜

123　　锅 巴

161　　暗夜行路

234　　刘玉栋主要创作年表

「南山一夜」

泉沟村的这个夜晚，让邱东来知道，想尽点做父亲的职责并不是件容易的事情。

　　儿子大壮跟着卢爷爷的孙女小青在沟渠边照螃蟹，一条夜游的蛇从他脚下爬过，他受了惊吓，夜里发起高烧。大壮浑身火烫，嘴唇干红，口里不时地喊一声妈妈。此时不到深夜两点钟，东来找遍整个房子，没找到一星半点儿退烧的药。东来来到院子里，摆开撒尿的架势，却什么都尿不出来。他不知道这是第几次来到院子里，他昂着头看天，天仍然是那么黑。这是山里的夜，黑得厉害，静得也厉害，静得跟什么都不存在似的。他第一次感到静也是一种负担。他不知道村子里的医生是谁，有两次，他想去敲卢爷爷的门，最终还是犹豫了。这是盛夏季节，他知道只要四点钟一过，天空便透出光亮，他那辆老宝来就停在院门外面，他就可以在微光中穿过一段难走的山路，去市区的大医院。灯光下，大壮粗重的喘息声中，身子不时地痉挛一下。东来的心也在痉挛。凌晨三点钟的时候，他坐不住了。他把大壮扶起来，说："儿子，走，咱们去医院吧。"

整整一天，大壮都玩得挺高兴。上午，东来开车，拉着大壮来到绣川湖旁边的农家乐钓鱼。这家农家乐规模不小，以前跟朋友来过几次，跟老板有些面熟。这里最大的特色是可以自己钓鱼，院子里有几块方方正正的小池塘，分别养着鲫鱼、鲤鱼、草鱼等不同的鱼。每种鱼的钓法不同，东来手把手地教大壮，告诉他如何挂鱼饵，如何调节鱼漂和鱼钩之间的距离，如何控制鱼竿。大壮是个聪明孩子，很快学会了钓不同的鱼的技巧。有鱼上钩的那一刻，大壮举着鱼竿叫着跑着，脸也涨得通红。看着大壮手舞足蹈的样子，躲在树下抽烟的东来，心里不禁有些恍惚，眼前的一切似乎不太真实，这个个头跟自己差不多高的孩子，真的是自己的儿子吗？随之而来的是一种虚弱，拿烟的手禁不住有些抖动。他使劲寻找那种做父亲的感觉，可心里总也不那么熨帖。

多半上午的时间，大壮战绩不错，钓了四条鲫鱼、三条鲤鱼和一条草鱼。这里的鱼贵了些，十几块钱一斤，但趣味在里面。过罢秤，东来让饭店的伙计把四条鲫鱼和一条鲤鱼直接送进厨房，剩下的鱼扔进带水的塑料桶里，放入车厢。

"下午给老卢爷爷送去，这可是你钓的鱼。"东来朝大壮竖起大拇指。

大壮一龇牙，有些得意的样子，额头上的几颗青春痘显得更红了。

老卢爷爷是东来在泉沟村的邻居，七十来岁，傍山种着一片果园，养着几只羊和一群鸡。东来和他处得不错。来村里住时，老人时常过来，两人坐在院子里，喝茶聊天，有时候还要喝两盅。东来给老卢一把他门上的钥匙，他大部分时间住在城里，冬天来得更少，家里有什么需要打理的，他就打个电话让老卢过来。昨天傍晚，老卢看到了他的车，便跟过来，进门看到大壮，惊得张大了嘴。

"大壮，这是卢爷爷，快喊爷爷。"回头跟老卢笑笑说，"我儿子大壮，刚考上省实验中学，秋后上高中了。"

"光知道你有个儿子，没想到这么高了。"老卢来到大壮面前，一把抓住大壮的手。大壮本能地朝后退了一步，脸上露出一丝腼腆和尴尬。

"平时学习忙，这是第一次来泉沟村。"东来在旁边说。

"哎呀，好小子，欢迎欢迎，今天来不及了。明天到我果园里去吃鲜桃，抓只土鸡，给孩子炖鸡吃。"

中午吃鱼，大壮夸农家乐的鱼做得好吃，比姥姥做的好吃多了。东来说好吃就多吃点，这鱼新鲜，当然，主要是你自己钓的嘛。大壮不住地点头，说有时间再来。东来说没问题，咱下午去卢爷爷的果园，晚上卢爷爷给你炖鸡吃，他自己养的土鸡，那才叫好吃呢。

忙活一上午，可能是累了，中午休息，大壮一觉睡到三点半。东来忙把凉好的白开水端过来，大壮一饮而尽，这才伸胳膊蹬腿的，这屋那屋里看了个遍。来到简陋的书房，看到墙上挂着几幅东来画的山水和人物，大壮端详了会儿，说："我觉得不错呀，可妈妈说你画得挺失败的。"扭过身来，瞅了眼画案和文房，说："你好歹也是个画家，弄得也太寒酸了吧。"东来咧了咧嘴，心想你懂个屁。大壮接着说："老妈说你的脑子简直就是一块榆木疙瘩，跟不上形势了。"大壮说来无心，可东来却听着有些扎耳朵。

东来发呆的工夫，大壮走到院子里，站在两棵柳树下面说，这地方不错，你听这蝉叫得多响亮，还有石榴树和无花果，这好几年了，你怎么才把我带过来玩儿。

东来愣了愣，说："这三年初中，你学习太忙，又是寄宿住校。"

大壮一撇嘴，想说什么没说出来。他的目光被竖在不远处的碌碡吸引住了，他跑两步，"噌"一下蹦上去。

东来心想，儿子，是你妈妈不让我把你带过来呀。可是，在儿子面前，他又不能多说赵金娜的不好。这一点，他跟赵金娜有本质的不同。东来也是一肚子的烦恼。

五年前离婚的时候，大壮判给赵金娜抚养，东来心有不甘，却又无可奈何，一个把自己生活都处理不好的男人，怎么有资格再养儿子？还好，赵金娜没把事情做得太绝，父子俩半个月一次的见面吃饭机会倒是没有间断过。不过，伴随着儿子不断增长的身高，却多了一种与日俱增的陌生感。这让东来很不舒服，比如东来给儿子夹菜时，大多数时候，大壮眼皮子都不抬，脸上的不屑和轻视弥漫在青春痘间。在他面前，大壮除了对面前的食物感兴趣外，话都不想多说一句。尽管心有不爽，但东来能够接受，他觉得大壮这是青春期综合征。但想到大壮小的时候，老爸老爸地叫个不停，东来还是心存疑惑，赵金娜会不会跟儿子说过太多不该说的话呢？

　　大壮中考成绩一出来，似乎一切不愉快的东西都烟消云散。大壮考得着实好，全校前十名，白水城最好的高中把里攘了。为此，赵金娜答应三个人一块儿吃个饭，几年来这可是第一次。说实在的，不足四十岁的赵金娜风韵犹在，在酒店富丽堂皇的灯光下，有点儿光彩照人的味道。也许是高兴，那个晚上，赵金娜说话的声音和肢体的幅度都有些夸大。她扭动着身姿去洗手间的那一刻，东来盯着她的背影，看着那短裙下面划动着的曲线，心猛地忽悠了一下。但仅仅是一下，他明白，再美妙的曲线都跟他没有任何关系了。不过，东来趁着赵金娜心情好，提了一个要求，就是想让大壮到他泉沟村的房子里住几天。东来说："到山里玩两天，接接地气，就算是社会实践吧。好不好大壮？"大壮撇撇嘴，目光始终没离开手里的苹果手机，脸上却露出一副无所谓的样子。赵金娜眨巴两下眼皮，点了点头说："那也得过一段时间，等大壮跟他姥爷姥姥旅游回来再说吧。"

一直到七月中旬，大壮这才来到泉沟村。泉沟村位于白水城南郊，距离白水城四十多里路。白水城被人称为南部山区，此话不假，白水城往南，绵延二百多里路，全是山，这些山称不上雄浑，但可以说俊秀挺拔，尤其是夏天，植被繁茂，溪水潺潺，不远处就是供白水城吃水的绣川湖。如此秀美的景色竟在大部分时间里被近在咫尺的城里人忽视，只有到了周末和节假日，一辆辆私家车才多起来，果园里、沟渠边、半山腰处的一家家农家乐才传出欢声笑语。不过，这些城里人好像不怎么会玩儿，几个大人凑在一块儿打扑克，孩子们吵吵闹闹的你追我赶，要不就蹲在水边撩水玩儿。

东来提着盛鱼的水桶，带着大壮去老卢的果园。现在正是暑假期间，沟渠边上，大人孩子的还真有不少人，几家农家乐也是灯笼彩旗的飘着挂着。大壮看到远处热闹，想跑过去玩一会儿。东来说咱先去果园，给卢爷爷把鱼放下，摘几个鲜桃，边吃着边过来玩也不晚。他们绕过一片杨树林，又拐过一个很小的山坡，就来到老卢的果园。老卢正抻着脖子等着他们父子，早把桃和梨洗好摆在屋前的桌子上。东来和大壮一进园子，园子里马上热闹起来，到处鸡鸣狗叫的。大壮看到那只上蹿下跳的大黑狗，吓得躲在东来身后。老卢说没事，小子，我拴着它呢。老卢把水桶接过来，直接把鱼倒进屋前的一个水缸里。看着活蹦乱跳的鱼，老卢乐得合不拢嘴。

东来说："这可是大壮钓的鱼，与我没关系。"

老卢朝大壮竖起大拇指，说："厉害！常言说得好，会钓鱼的人，干啥都在行。"

大壮笑了笑，眼睛却盯着眼前这两间歪歪扭扭的房子。这两间房子又小又矮，是用石头垒的，屋里黑咕隆咚的，还有一股味儿，大壮伸了伸头，便抽回来。东来和老卢已经坐在桌旁。老卢招呼大壮过去吃桃。大壮接过东来递过来的鲜桃，没坐下，扭身朝果园深处走去。老卢在后面喊："大壮，喜欢啥就摘啥，随便你摘。"

大壮什么都不摘。傍晚的果园里，热气渐渐退了下去，阳光变得金黄，落在树叶上，透着光亮，果子好多，有的好几个挤在一块儿，好可爱。大壮口袋里的手机响起来，掏出来一看，是妈妈打来的。

"儿子，你在哪里？"

"我在果园里，妈妈，这里可好玩了。"

"果园里有什么好玩的，又是农药又是虫子的，你可要注意卫生，别用手乱摸东西。多喝水，对了，热不热，注意防暑。"

"好了，我知道。妈妈，山里信号不好，我挂了。"

大壮不愿意再听妈妈唠叨，本来他想跟妈妈聊聊上午钓鱼的事儿，好家伙，这又是虫子又是农药的，好像山里不是人待的地方。这里的空气多好啊。大壮走着，把吃完的桃核扔出去好远，看到前面是果园的边缘，便钻出来，面前是一片很陡峭的斜坡。抬头朝远处一看，发现自己站的地方竟然是在半山腰上，山脚下，有两家农家乐看得很清晰，再往远处看，是一条公路，汽车像玩具似的跑过来跑过去。

"大壮，你在哪里？"是爸爸的声音。

大壮应了一声，东来和卢爷爷很快便出现在面前。

"刚才是不是你妈妈打来的电话？"

"还能是谁，"大壮笑笑说，"这里是半山腰呢，你看，农家乐看得那么清楚。"

"你小青姐姐就在那家挂灯笼的农家乐打工呢，"卢爷爷说，"那是我一个本家侄子开的，要不这样，我抓只鸡，咱一会儿去他那里吃，那里料全，做出来好吃。"

"好啊，正好大壮要去河沟边玩呢，还能认识一下你小青姐姐，"东来顿了顿说，"要不鸡就不抓了，那里准有。"

　　"那里的鸡咋能跟我养的鸡比。"卢爷爷拍拍胸脯，很自豪的样子。

　　三个人悠悠哒哒朝山下走。老卢手里提着一只芦花鸡。这只鸡瞪着圆圆的眼睛，还不停地"咯咯"叫。大壮想到过一会儿它将成为自己的盘中餐，心里有点不舒服，说："卢爷爷，这鸡咱不吃了，你送给我，我带回市里养着去。"老卢哈哈一笑，说："鸡咱还是要吃，你想养啊，明天再去果园里抓。"大壮挠挠头说："那就算了。"东来没说话，他看着满脸青春痘的儿子，心里猛地一热。

　　一进农家乐的院子，老卢的眉毛便扬起来，他朝着浓密的葡萄架那边喊："小青，过来。"那里坐着三个女的，正在择韭菜，年龄最小的那个站了起来，个不高，圆脸儿，留齐耳短发，穿一件红汗衫。她攥着一把韭菜走过来。走近了，大壮才发现她的一双眼睛又亮又黑，透着一种少有的纯净。她的眼睛一直盯着大壮，似乎没看到老卢和东来。

"小青，这是东来叔叔的儿子大壮。刚考上好学校，过来玩呢。"老卢笑着说。

可是，小青没看爷爷，还是直勾勾地盯着大壮。大壮被盯得有些不好意思，汗都快流出来了。他倒是没退缩，只是觉得这双眼睛怪怪的。

"你是东来叔叔的儿子？"突然，小青问大壮，很认真的样子。

大壮一愣，接着咧咧嘴，点点头。

"你咋长得跟你爹一点也不一样啊，一个城里人，脸上还生这么多疙瘩。"小青举着手里的韭菜，哈哈笑起来，说，"你看东来叔叔，戴一副眼镜，文绉绉的。"

东来和老卢也笑了。只有大壮窘得不行，低着头，脸涨得通红。

"好了，就你会看，快把这鸡送厨房里去，别弄混了。"

小青接过鸡来，一手提着鸡，一手攥着韭菜，扭扭哒哒朝厨房走去。老卢叹一口气，说："走，先喝茶去。"东来和老卢来到靠河边的一处平台上，找一个桌坐下。东来说："儿子，去玩吧，河里的水还真不少，游泳的钓鱼的都有，随便玩儿。"

大壮却一点玩的心情都没有了，他坐在离饭桌不远的一块石头上，眼睛看着不远处游泳的人激起的水花。夕阳下，水花闪着金光。大壮捡起一粒石子，朝小河里投去。刚才，他被小青的话刺激了一下，有些小郁闷。

　　"小青订婚了，"老卢又深深地叹一口气，说，"我和她爹妈，总算了了一桩心事。"

　　"太好了，小青这孩子是有福气的，我早就说过。"东来有些激动。

　　"啥福气，她这个样子，人家不嫌弃就不错了。"

　　"事情没那么严重，小青长得挺漂亮的，多好的孩子。说话直，心地干净，如今这社会，打着灯笼也难找。说句实话，我特别喜欢这孩子，女孩子们我见得多了，没一个比得上小青。"

　　"对方是山那边的，人倒是老实，就是家境差了些，他父亲一直病恹恹的，把他也耽误了，快三十了，论说，年龄大些也不是坏事，知道疼人。咱孩子的情况，反正也跟人家讲了。"

　　东来和老卢的对话，大壮都听到耳朵里。他猛地意识到一些什么，他想到那双清澈透明的眼睛。爸爸说得不错，确实不太一样。

这时，小青拎着一壶水走过来。东来说："小青，你有好事也不告诉我，我可是听爷爷说了。"小青歪歪脑袋，很认真问："我有好事？啥好事？"东来笑笑说："装糊涂，订婚还不是好事？"小青撇撇嘴说："我当是啥呢，那是没办法的事。俺这么大了，不能跟着爹娘待一辈子吧。"东来心里咯噔一下，忙说："反正不管咋说，你结婚的时候，我一定过来喝喜酒的。"小青淡淡地说："光喝酒不行，还得送我张画呢。"东来笑了，说："没问题，给你画幅大的。"

"俺爷爷可在这里坐着呢，到时候可别不认账。"她看到了坐在石头上的大壮，说，"等我忙活完了，我带你照螃蟹去，那天照了好几个呢，都给爷爷做了下酒菜。"

"小青姐姐抓螃蟹可厉害，这些年我可没少吃她抓的螃蟹。"

大壮从石头上站起来，说："没想到你还这么厉害，我都迫不及待了。"

小青撇撇嘴说："天黑透了才行。你还是等着先吃鸡，我爷爷养的鸡可好吃了。在我们饭店里，这么一只鸡得二百多块钱。"

"好了小青，快忙去吧，你三叔看见你聊天要扣你工资了。"老卢挥着手说。

"他敢。"小青两只眼睛朝上翻了翻，嘟着嘴走开了。

这鸡确实好吃，肉筋道，越嚼越香。大壮也不看东来和老卢，闷头啃着鸡肉。东来和老卢喝着鲜啤酒，东扯西拉，有些话是关于小青的。原来小青的脑子有一点儿小问题，是小时候的一次发烧留下的后遗症。大壮抬头找小青，看着小青忙来忙去的，很卖力的样子，比别的服务员勤快多了。也许小青才是最正常的呢。大壮突然想。

毕竟是农家乐，晚上吃饭的人少，散得也快，八点多钟，客人走得差不多了。饭店的老板，也就是卢爷爷的本家侄子凑过来，三个人又打开一桶啤酒喝起来。大壮一抬头，看到小青躲在暗处朝他招手。大壮没犹豫，站起身跟着小青走出饭店。

走出去不远，周围便静下来。尽管是七月的天气，山里的夜，还是有些凉。仅穿着 T 恤短裤的大壮，浑身哆嗦了一下子。小青打开手电筒，她的另一只手里提着一个小塑料水桶，说："你慢着点城里人，脚下的石头可不长眼。"大壮禁不住"扑哧"笑了。小青说："笑啥?

俺说的是真的，石头专门绊那些不长眼的人。"大壮说："你的意思就是说，石头是长眼睛的，对不对？"小青停下脚步，歪着脑袋想了想，说："你这人脑子好用，要不学习好呢。"

沟渠到了，大壮听到了蛙声和虫鸣。他问小青："螃蟹怎么找？"小青说："太简单了，把手电放在水边，咱们坐在一旁等着就行。爬上来一只抓一只。"

"哇，"大壮在黑暗中瞪着大眼说，"你简直就是一个女神。"

大壮话音未落，只听小青叫了一声："蛇！"小青的手电筒照着大壮脚下。大壮看到一条蛇扭曲着身子从他的大拇脚指头前爬过去。大壮"啊"地大叫一声，本能地使劲儿蹦了一下。大概过了两秒钟，大壮"哇"一声哭起来。站在原地，一动都不敢动。小青说："哭啥，不就是一条蛇嘛，这里到处都是蛇，有啥可怕的。"大壮哭的声音更大了，说："快，快离开这里吧，不照螃蟹了。走吧。"小青撇撇嘴说："没见过你这么胆小的，刚过来，真的走？"大壮瞪着眼睛，惊魂未定，使劲儿点点头，说："我、我不敢走。"小青只好架着浑身是汗的大壮走回来。

可能是受了惊吓，也可能是着了凉，夜里，大壮就发起了高烧。

此时，是早上的六点多钟。灰头土脸的邱东来早已疲惫不堪，验血、付费、拿药，上跑下蹿，毕竟是四十七八岁的人了，再加上一宿没有合眼，等到大壮躺在急诊室的床上打上点滴，他整个人像塌了一样歪在连椅上，却突然想起还没给赵金娜打电话。他忙掏出手机拨了赵金娜的号码。电话响了好长时间，才传来赵金娜有气无力的声音。东来的脑子里晃悠着赵金娜睡眼惺忪的模样，心想，她的身边会不会还睡着一个人呢？关你屁事，他自骂一句，忙说："大壮病了，我们现在中心医院。"

"怎么回事！壮壮怎么了？"赵金娜的声音一下子变得又脆又亮。

"能怎么，着凉了呗，发烧，打上吊瓶了，没事。"东来故意用的是轻描淡写的口气。

"你等着……"话好像没说完，"啪"一声，赵金娜关了手机。东来似乎看到了她那火急火燎的样子。他们已经好几年没有正面冲突，看来，这一次已经不可避免。东来禁不住打了个寒战。他摸了摸大壮的头，又查看一下输液管，扭身走出急诊室，穿过稍显空旷的大厅，来到外边，点着一支烟。

太阳白花花的，已是小有威力。东来拿烟的手有些轻微的颤抖，他站在医院靠近马路的一棵梧桐树下，目光盯着来往的车辆，空洞而虚弱。他看到一个身材高挑的女孩拐进医院大门，东来的心里不禁咯噔一下。那个女孩扎着马尾巴辫子，脖子长长的，穿着一身浅蓝色的连衣裙，手中提着不锈钢饭盒，正朝这边走来。是这个女孩走路的姿势吸引了他。他觉得有些熟悉。难道他认识她？女孩越走越近，他看清楚了这个女孩的面孔。女孩瞥了他一眼，眼皮急剧眨了几下，洁白的牙齿轻轻地咬着嘴唇，微垂着头，从他身边走过。他发现，这个女孩的脸似乎有些红了。女孩也不过二十岁出头，他确定他不认识她。女孩为什么脸红？肯定是他看她的样子吓着了她。她多想了。可为什么有种似曾相识的感觉呢？她走路的姿态，她的身材，她轻轻咬着的嘴唇……东来突然明白了，这不就是二十年前的赵金娜吗？东来盯着女孩的背影，直到她走进医院大楼的玻璃门。

东来有些虚脱的感觉，思绪有些恍惚。

那是二十年前的一个金秋季节。白水城美术家协会组织各县区有创作潜力的青年画家搞了一次写生培训班。东来是《白水城文艺》的美术编辑，兼着美协的副秘书长。当时，主席对这个年仅二十七岁的青年画家特别器重，有什么活动都拉上他，说小伙子，你年轻，得多干活啊。这次写生班，东来是辅导员。而赵金娜是白水城艺术学院刚上大二的学生，她的老师梅教授是写生班聘请的授课老师，有一次去南部山区的红叶谷上野外写生课，梅教授带来了她的两个学生，其中一个就是赵金娜。坐在大巴上，东来并没有注意到赵金娜。来到红叶谷，他这才发现梅教授身边多了一个美女，高挑的身材，宽宽的额头，黑黑的眼睛，长长的脖子，扎着马尾巴辫子，背着一副画夹，干干净净清清爽爽。东来愣了片刻，朝梅教授走过去，说："梅老师，来这深山老林，你辛苦了。"东来这是没话找话。梅教授不知道，很真诚地说："小邱，你说错了，这里多好啊，风景如画。对了，我还忘了介绍，这是我的学生赵金娜，跟着过来长长见识。金娜，这位是美协的邱秘书长。"赵金娜忙朝东来轻轻一鞠躬，说邱秘书长好。东来发现，赵金娜的脸红了。这是他和赵金娜的第一次见面。他递给赵金娜一张名片。赵金娜说："哇，你还是刊物的美术编辑。能不能送我本刊物看看？"东来说："没问题，把你的通信地址告诉我，回头每期给你寄一册。""真的？太好了。"赵金娜的脸又红了，这次是激动的……

那个时候的赵金娜，又美丽又清纯，怎么也想不到，后来结了婚生了孩子，她变得跟换了个人似的。真是令人费解，让人无法面对。但无法面对也得面对。东来抽罢一支烟，回到急诊室看了眼大壮，又扭身走出来，正准备出去迎一迎赵金娜，就看到赵金娜风风火火地朝他走过来。东来朝她招招手。赵金娜脸上毫无表情，跟没看到他似的，径直朝急诊室走过去。东来忙跟两步，说在这边、这边。大壮听到妈妈的声音，睁开眼，朝他妈妈笑了笑。这让东来很受用，心想：真是好儿子。赵金娜说："儿子，没事吧，昨天下午妈妈打电话你还好好的呢。"大壮说："没事，水土不服呗。"说完，又朝东来说道："老爸，妈妈来了，你回你那个叫什么泉沟山庄，把我的东西拿来吧，主要是我的手机和充电器。拜托，我就不回去了。"

东来答应一声，扭身走出急诊室，穿过医院大堂，推开玻璃门，快步朝他的宝来车走去。尽管又困又累又疲惫，但还是有种如释重负的感觉，他恨不得十步变两步，一头钻进车里去。就在这时，他听到身后赵金娜喊他。他的脑袋"嗡"一声，心里禁不住骂了一句。他回头，看到赵金娜气呼呼地走过来。果然，迎面而来的，是赵金娜一通劈头盖脸的质问，连珠炮似的，如同一刀刀地劈在他头上，刀刀见血。

"邱东来，你说你能干什么？孩子跟着我，初三学习这么累，一年都没感冒一次，他妈的跟了你一晚上，就变成了这个样子。你都快五十岁的人了，你能干什么？你说这些年你干成过什么事？……"

东来忙钻进车里，发动着汽车的同时，心里产生了一种彻骨的羞愧。车窗外的这个女人除了还剩下一丝姿色，啥都没有了。自己肯定是上辈子欠了她什么。他掉过车头，一踏油门，车子"噌"一下蹿出去，像一条逃脱的鱼。他瞥一眼后视镜，发现赵金娜依然斗志昂扬地站在那里。路上的车开始多起来，东来扶着方向盘，两只手竟然莫名其妙地哆嗦起来。稳住、稳住，他努力让心平静下来。自己的确是快五十岁的人了。那个女人说得不错，这些年自己到底干了些什么呢？

除了对时光流逝的无奈和失落，他一时还梳理不清。只是有几点是肯定的，他既没有成了啥名，也没有跟其他所谓的画家那样捞了点钱。他离了婚，无法照料孩子。老家的父亲已经七十五岁了，除了多年前的那个冬天，他把老人接到白水城来住了个把月，可以说他没尽过半天孝心。如今，他还是《白水城文艺》的美术编辑，把主编熬走了好几茬，他岿然不动。这倒也没什么，这个工作他很满意很受用，他自以为是一个超脱的人，可当他面对现实的时候，当他面对那些才华和功力比他差得远的人朝他指手画脚的时候，还是有一种无法言说的尴尬让他如鲠在喉。

他突然想到儿子大壮。尽管在交流上他们之间不如原先那么自然，但他发现儿子大壮真的是长大了。懂得同情和体谅别人，在他这个年龄，在这个把孩子娇生惯养的时代，这太难得。对儿子的发现，是这次在泉沟村共处的一天中最大的收获。想到这里，他紧握方向盘的手突然不再颤抖了。可是他转念一想，儿子的成长跟自己又有多大关系呢？这几年，大壮是跟着他姥姥、姥爷长大的。自己这个父亲当得，不仅不合格，还窝窝囊囊。他的手心禁不住又冒出汗来。

邱东来把大壮的东西从泉沟村拿回来，已经快十点钟了。点滴还有一瓶没打，此时，大壮退了烧，身上和脸上变得潮乎乎的，眼珠有了光亮。赵金娜的气似乎也顺了许多，跟大壮有说有笑，只是不愿意多看邱东来一眼。东来问大壮想吃点什么。赵金娜说，你去给他弄点小米粥和鸡蛋吧。东来忙点头，又问：你是不是也没吃早饭？赵金娜没理他。东来挠挠头走出来，心想，这不是明知故问吗？

这个时间，医院食堂肯定关了门。东来记得医院后面的小街上有个菜市场，有不少卖小吃的。东来穿过医院的北门，往西一看，果然有几家卖小吃的。东来非常高兴，他买了两份小米粥和两个茶叶蛋，又来到摊煎饼馃子的摊前，给赵金娜要了个煎饼馃子。就在等煎饼馃子的几分钟时间里，他竟然站在那里打了个盹儿。小贩问他要辣椒吗？他使劲儿摇摇头，才发现自己竟然睡了一觉。阳光挺毒的，汗水正沿着脖子淌下来。

回到急诊室，赵金娜看到他手里提着的食物，脸上竟然有了些许温柔。大壮说："老爸，你回去睡一觉吧，这里有妈妈呢。"

东来晕晕乎乎地走出医院大堂，一扭头，被吓了一跳。赵金娜又跟了出来。不过，这一次，赵金娜的脸色较为中性。她的目光中也有了一丝柔和。她轻轻地说："邱东来，那天我跟你说的话，是认真的。过两年，大壮肯定要出国读书，钱，你可要好好地准备准备了。"

东来不知道跟赵金娜如何告的别，也忘记了自己说了些什么。他实在是太困了。泉沟村他是不能去了，他直接开车回到他的家——那套单位分的，只有五十多个平方米，他住了将近二十年的小房子里。他都不知道如何进的家门。他被一股巨大的疲倦裹挟着，一头扎在床上，沉沉地睡去。

不过，在他即将睡着的瞬间，脑际中猛地划过老卢的孙女小青的面孔。送给小青的那幅画，已经在他心里形成了。

「幸福的一天」

这一天早晨，菜贩子马全突然从梦中醒来，有一股说不出来的力量压在他身上，让他半天不能动弹一下。后来，这股力量渐渐弱了，他才扭头瞥一眼床头柜，那带夜光的小马蹄表告诉他，此时是凌晨三点四十五分。要是往日，马全肯定还会缩回脖子，闭上眼睛，再来上十五分钟的回笼觉。可是这一天早晨，马全睡意全无，他醒得很彻底。

　　醒来之前，马全正做着一个十分苍凉的梦。梦中，他穿着一身古代将士的盔甲，手擎一柄断剑，站在荒野之中，四周是茫茫的白雪。有一种声音从远处飘来，古古怪怪的，似乎是打了败仗的散兵在荒野上的呜咽。马全就是在这样一种声音中，一下子睁开眼睛。

　　马全在黑暗中瞪着大眼。那声音千丝万缕，紧紧地缠绕着他。虽然是躺在被窝里，浑身却冷冰冰的，像躺在荒野上一般。就这样过了片刻，马全猛地觉得脸颊上凉津津的。他稍一斜脖子，两道冰冷的水线如同刀片似的划过他的脸膛。这让马全无比吃惊。

马全一下子坐起来。他这才发现，自己的心正被那声音揉搓着，说不出有多么难受。

窗外黑洞洞的。正是夜最深最沉的时候。可每天的这个时候，菜贩子马全必须从暖烘烘的被窝里坐起来，对着黑洞洞的窗户，摸索着在黑暗中穿衣服。更让人难受的是，冬天已经到来。马全一想到这漫长的冬天，心里便怵得不行。要知道，一个人天天在黑灯半夜里从热被窝爬出来，得需要多大的勇气。马全想到这里，全身禁不住哆嗦一下。马全发现自己还裸着身子。他瞅了眼旁边，看到老婆和儿子躺在各自的被窝里，睡得正香。他悄悄掀开老婆的被子，慢慢地钻进去。老婆的身子火烫火烫的，马全趴在上面，开始还轻轻地抖动着，很快，他感到身子便被烤热了。舒坦极了，马全想着。那缠裹着他的古怪声音，似乎也正在渐渐消散。老婆在他的身子下面扭了两下，突然睁开眼睛，她发现马全趴在她身上，便叫了声："几点了，你还闹？"

马全又瞥了眼床头柜上的马蹄表，正好是四点钟。马全一下子便耷拉了脑袋，他开始穿衣服。是啊，四点钟了。

马全很不情愿地从老婆身上滚下来，开始穿衣服。正是一天中最冷的时候，马全嘴里哆哆哈哈地响着。他连蹦带跳，不一会儿，便像只老猫似的蹿出屋子。外面还是黑漆漆一片，空中繁星满天，马全打开手电筒，一束光便射在窝棚里的机动三轮车上。

对于菜贩子马全来说，新的一天就这样开始了。如果不是后来发生的一系列事儿，马全将像以往一样，度过他极为平常的一天。

马全住的村子叫小马庄，离城不远不近，三十里路。说它不远不近，是有道理的。像马全他们这些卖菜的，如果家离城太远了，就得几个人合伙在城里租间小房住。如果家离城很近，就不用急急火火地起这么早的床了。小马庄离城三十里路，所以马全不必在城里租房子住，但必须得天天四点钟起床，好在他在几年前就买上了机动三轮车。这里的人们，管这种机动三轮车叫三马子。有时候马全觉得，他对这辆三马子的感情比对他老婆的感情还要深。从凌晨四点钟开始，他便跟它形影不离，他骑着它，在五点半之前，赶到城西最大的蔬菜批发市场，在那里批发好蔬菜；接着在六点半之前，赶到他卖菜的菜市场去，因为这里的人们，有一大早买菜的习惯。在那黑洞洞的菜市场里，马全开始他一天的吵吵嚷嚷讨价还价。只有到晚上，他回到家以后，才能看到老婆晃动的身影。可是两杯酒下肚，一天的疲倦和困意就像潮水般涌上来，更多的时候，他的身子只要是一贴到床板上，便呼呼睡去。他已经想不起上一次跟老婆亲热的时间了。但马全没别的办法，他只能这样拼死拼活一天到晚地卖菜。他有一个刚上小学的儿子，还有一个不太成熟的打算，那就是他想在三年内翻盖自己住的这套老房子。那得需要很多钱。但钱是死的，人是活的。三十岁的菜贩子马全雄心勃勃，虽然一天天的累死累活，但他住新房子的美好愿望却有增无减。

可是这一天早晨，马全骑在三马子上，却无论如何也提不起精神，他甚至连发动三马子的力气都没有。马全想自己是不是病了，于是把手放在额头上。额头却像石头般冰凉。最后，三马子还是在他身子下面"腾腾腾"地叫起来。

在没有拐上柏油马路之前，路面坑洼不平，车灯射出去的光束时长时短，时近时远。随着车子的颠簸，马全的身子就像水里的鲇鱼，左右不停地扭动着。好在这条路对于马全来说，熟得不能再熟。很快，马全骑着三马子便甩开还在沉睡中的村子，置身在田野里。风也大起来，贴着耳朵嗷嗷地叫，马全觉得这一天凌晨特别冷，他身上穿着的棉大衣，头上戴着的棉帽子，以及两腿上的皮护膝，就像一层纸似的，很快便被寒风戳透了。他使劲儿缩着脖子绷着肉皮，但还是能听到上下牙齿碰到一起发出的咔咔声。

车子一拐上柏油路，马全就伸出脖子"嗷嗷"地吼了两嗓子，他是在向老天爷示威。但声音却像投进水里的土块，立刻被淹没在黑暗中。此时，三马子稳了，马全的身子也稳了，车灯的光束也不再忽长忽短，它直直地指向前方的路面。马全绷紧的肉皮放松下来，开始加大油门。不过，马全的神经稍一放松，刚才那梦中的景象以及那怪怪的声音便乘虚而入。马全的心里又开始难受起来，他突然想到了他死去的父亲。父亲是得癌症死的。他想到父亲痛得从床上摔下来，用牙啃地面上坚硬的泥块。他想起父亲临死前从牙缝里蹦出来的那几个字：人活着，真他娘的苦啊。想到这里，马全浑身打了一个激灵，连三马子都跟着哆嗦了一下子。马全咬着牙骂了句难听的，他是骂自己。要不是开着车，他会在自己头上使劲儿拍一巴掌的。马全晃晃脑袋，目光开始集中在前方路面上。可是不行，那古怪的声音就像热气似的不断地从他心底升起来。马全似乎听到到处都是这种声音。在马全还没弄明白这到底是怎么回事儿时，前面的路面上猛地出现一块皮球那么大的东西。马全"呀"地叫一声，他忙拐把。也许是把拐得过急，也许是车轮碾上了那个东西。反正，马全和他的三马子连滚了几个跟头，然后栽到马路下面的水沟里。

风声没有了。车灯灭了。很快，周围便静下来。

不知道过了多长时间，马全睁开眼睛。四周还是黑漆漆一片，不用说，离天亮还得有一会儿。马全开始还以为自己是躺在床上的，他一扭头，看到头顶上是三马子的车轮和满天的星星。人家说，地上死一个人，天上就少一颗星星，可地上死了那么多人，天上的星星却并不见少。马全不合时宜地想到这些。过了半天，他才意识到刚刚发生的事儿。他像伸懒腰似的举起两只胳膊，然后拢回来，把两手贴在眼前，庆幸的是，两手还是好好的。接着他又扭动一下身子，除了轻微的酸痛外，似乎没受什么损伤。

真是万幸啊。马全想着，从地上爬起来，他看到三马子有一只车轮栽进河沟里。河水已结了一层冰，冰面上白花花一片。看来，凭他一个人的力气，是无法把三马子从水里拖出来的。再说，即便是能拖出来，他也没法把它推到马路上去。也许三马子已经摔坏了，但不管怎样，马全得回到村里去喊人。可这个地方，离村子大概有十来里路了。马全很丧气，这个早晨从一睁开眼睛，就怪得很。马全站在水沟里，盯着白花花的冰面和歪在水里的三马子，突然觉得很委屈。多少年了，天天披星戴月，一天到晚忙忙碌碌吵吵闹闹，为了一分钱，也能争个脸红脖子粗。从一大早，把满满的一车菜推进那个黑洞洞的菜市场，到傍晚时，再推着空车从里面走出来。这么多年，说句夸张的话，连太阳都看不见了，当然，更感受不到那暖烘烘的阳光了。

不行，得好好地活上一天。马全自言自语。

事情一旦决定，浑身便轻松起来，马全拍打一番身上的泥土，转身爬上柏油马路，他回头瞅一眼躺在黑暗的河水里的三马子，想，你就老老实实躺在这里吧。

马全朝城里的方向走去，让他吃惊的是，他的身子轻松无比，就像风似的向前飘着。这个时候，天空渐渐地变成浅灰色，头顶上的星星也稀了。四周的原野也有了轮廓。远处的村子里，不时地传来鸡鸣狗叫的声音。空气清爽爽的，虽然凉了些，但有一点儿甜丝丝的味道。拐上一条更宽的柏油马路，车辆也猛地多起来。

路还是那条路，景还是那些景，但在马全眼里，有的却是一种跟以往不同的感觉。迎着朝霞，他觉得这个早晨，所有的东西都是那么清新，如同刚刚被清水洗过一样。透过悬挂在树枝间的一层薄雾，他隐隐约约地看到了城里的高楼。

前面有了公交车站。站点下面，有一些人正缩着脖子跺着脚在等车，从他们手里提着的饭盒可以看出来，他们是一些上早班的工人。也是一些可怜的人，马全站在他们身后，心里不知道为什么要这样想。

这时候，一辆公交车晃晃悠悠地停下，人们一窝蜂地涌上去。马全站在最后面，他觉得他不该像他们一样往前挤，因为今天，他本来就是为了放松的。挤车也很累，马全想。最后，车下面就剩下马全一个人的时候，马全却站住不动了。不对呀，你不是想好好活一天吗？那干吗还挤这辆破公共汽车。于是，马全便向后退一步。公共汽车晃晃悠悠地开走了。

马全伸手拦住一辆出租车，是辆白色的桑塔纳。他上车的时候，那司机满脸狐疑，盯了他半天。看什么，卖菜的就不能打出租车了？马全心里想，不过，这司机的目光还是让他非常兴奋，他挥挥手说："去凤都。"

凤都楼的早点是这个城市最好的，去凤都楼吃早点的人是这个城市中最体面的人。平时，几个卖菜的没事，凑到一块儿说说凤都楼的早点，那也是过过嘴瘾。马全没想到，他的身子往出租车那软软的座位上一靠，"凤都"二字竟然脱口而出，并且是那么干脆，一点儿也不拖泥带水。马全有些飘飘然，他抚摸着车窗光滑的玻璃，觉得出租车的确比他的三马子要强一万倍，舒服、温暖、亲切。透过车窗，马全盯着外面的车水马龙芸芸众生，猛地产生一种居高临下的感觉，像是飘在空中向下看似的。

凤都楼那四层的仿古建筑出现在面前时，出租车缓缓地停下来，计程器上显示是 9 块 2 毛钱，马全把十块钱塞进司机手里说，不用找零了。司机愣了一下，很诚恳地说了声谢谢。马全心里一热，下来出租车，觉得自己似乎高出一截。这种感觉真是太好了。

凤都楼的桌椅板凳也给人一种与众不同的感觉，上的都是大红的火漆，古色古香，光鉴照人。坐在上面，那是一种享受，服务员都穿着统一的整洁的服装，忙忙碌碌地来回穿梭着。马全坐在那里等了半天，见没有服务员搭理他，便有些生气，高声喊道："服务员。"人们都扭过头来朝他看，那目光躲躲闪闪的，半是惊奇，半是嘲笑。马全这才注意到他穿的这身衣服是多么扎眼。油渍麻花的黄大衣上还沾着没有干透的泥巴，一双破皮鞋龇牙咧嘴的，真是难看极了。马全的脸涨得通红。这时候，一个胖乎乎的老头坐在了马全对面。这个老头面色红润，头发稀疏，穿着一件深灰色的夹克，里面衬衣的领子雪白，看上去干净体面。服务员走过来，问老头吃什么，老头很流利地说，一屉珍珠海鲜蒸包，一碗黑米粥，再加一杯热牛奶。服务员又回过头，朝马全抻抻下巴颏，说你呢？马全有些慌张，忙说一样，跟他一样。

服务员扭身走了。马全抬抬头，有些不好意思地瞅一眼老头。老头正朝他微笑，满脸的慈祥。

"第一次来？"老头问。

马全点点头。

"噢，"老头说，"这里该常来呀，这里花样很多，一个月你也尝不过来的。"

马全不好意思笑笑，心想：常来，我来得起吗？

很快，饭上来了。马全看到那放蒸包的小笼比拳头大不了多少，里面的蒸包更是可怜，小枣一般大小，那皮儿晶莹透明。马全端详半天，有点儿不知从哪里下口。

老头倒是自然，吃得非常讲究，只见他把蒸包放入口中，合上嘴唇，微闭双眼，牙齿轻轻嚅动，真是细嚼慢咽。他一睁眼，发现对面马全正盯着他，便笑了。老头喝一口黑米粥，抬头说道："人生在世，吃玩二字，像我这把年纪，就更没有出息了。但吃也好玩也罢，不管干什么，都得咂摸出个滋味来，你狼吞虎咽，这笼小玩意儿，眨眼就下肚了。你还是不知道它的滋味，那等于没吃过呀，你说是不是？"

马全觉得老头说得有道理，于是学着老头的样子，夹一个蒸包放进口里，慢慢地嚼，果然，香鲜滑软、麻酥甜咸……各种各样的滋味便在口中化开了。马全什么时候这样吃过饭？在菜市场里，弄上半斤包子，眨眼的工夫就吞下去了，有时候，是什么馅儿的他也弄不明白，他哪还咂摸什么滋味。

老头说："小伙子进城来找事做？"

马全说："我是卖菜的。"

老头嘿嘿笑了，说："卖菜的来凤都楼吃早饭，这可是第一次听说，要不是亲眼见到，打死我也不信。"

马全的脸又红了。他想跟老头说说今天早晨他碰到的这些事儿，说说那个荒凉的梦和那种古怪的声音，说说他的三马子栽进了河沟里。可最终，马全什么都没说，他慢慢地嚼着蒸包，喝着黑米粥，享受着各种美妙的滋味。不知道什么时候，他再抬起头来的时候，那个老头已经没有了。这连那古朴的凤都楼也像一团云似的飘走了。

此时，马全正提着一身新衣服和一双新皮鞋，站在天河池的更衣室里。

马全想舒舒服服地泡个澡，顺便换一身新衣服，既然想好好地活一天，那就要活出个样子来。虽然这身衣服花去了他批发蔬菜用的大部分钱，但他没有心疼。

也许是时间的关系，现在，偌大的更衣室里空空荡荡，只有马全一个人在轻轻地脱衣服，里面的澡堂里传来哗啦哗啦的水声，像是从很遥远的地方传来的似的，细细的，很空灵。

马全裸着身子朝里面走的时候，突然发现墙角的暗影里坐着一个人，那个人也裸着身子，正朝他哧哧地笑。那人的笑声让马全的头皮使劲儿麻了一下，好在马全已经撩开厚厚的塑料门帘，走进澡堂。

澡堂里暗了许多，只有门帘上方的一个灯泡亮着，还显得有气无力，散发着昏黄的一团光。绕墙一周的淋浴喷头下面，一个人也没有，池子很大，被一层水雾蒙着，在池子的深处，似乎有两个白乎乎的人影在晃动。马全把一只手伸进水里。水热热的，马全立刻觉得浑身的汗毛都竖了起来。紧接着，马全抬腿便溜进池子，热水覆盖了全身。马全舒服地"哼"一声，很快就闭上眼睛。

自从天凉下来后，马全就没再洗过澡，即使是天不冷的时候洗澡，也是在家里烧壶开水，拧着毛巾擦擦身子。如今的农村不同于原来了，河沟和水塘都已被乱七八糟的东西污染，别说洗澡，就是凑上去闻闻，也把鼻子熏得难受。再说，像这样泡澡堂子，在马全三十年的人生当中，没有几次。因此，当暖暖的水像无数的樱桃小口似的亲吻马全的肉体时，马全幸福得几乎掉下泪来。

这才他妈的叫人过的日子。马全微闭眼，嘘嘘地喷着热气。

马全正舒服着，猛地觉得头顶上有个人影在晃动，便睁开眼。果然，有个人正朝着他笑。马全一眼便认出来，是刚才那个躲在外面墙角里的人。马全心里禁不住"咯噔"一下。

"舒服吧。"那人声音很柔和，不像什么坏人。

马全点点头。

"就是啊，我一看你，就是那种懂得享受的人，你看你买的那身新衣服，多棒。"

马全笑了，他觉得这人挺有意思。

"搓搓背吧，怎么样？我看你身上泥巴也不少，再说，泡澡不搓背，那还叫泡澡？"

马全犹豫了一下。

"不贵，五块钱。"那人朝马全眨巴一下眼睛。

马全看到这人年龄不大，比自己还要小几岁，并且离得近了，才看出他生着一张娃娃脸。于是马全点了点头。

马全像一条大鱼似的，趴在一张窄窄的钉着皮革垫子的小床上。那小伙子手里的擦澡巾只在他背上轻轻一蹭，他便觉得如同被揭去一层脏皮儿，轻松许多。

"哇，这位大哥，你身上的泥巴好多呀。"

马全下巴抵着软软的垫子，脸一下子热起来，当那小伙子的擦澡巾划过他屁股的时候，他觉得有些不自在，但的的确确是舒服极了。

"哇，这位大哥，你身上这么长一条新疤呀。"

马全觉得不对，别说新疤，旧疤也没一块儿，他背上从来就没有受过伤。

于是马全说："你看错了，那肯定不是伤疤。"

"怎么会不是？"那小伙子叹一口气说，"不过也没什么，你看我身上，大大小小的多少块疤。"

借着朦胧的灯光，马全扭头一看。那小伙子的身上确实是大疤小疤一块连着一块，可以说是疤痕累累。马全很惊讶，这么年轻，哪来的这么多疤？

小伙子很聪明，似乎一下子就知道了马全心里想着什么，便说："我原来可不是给人擦澡的，我下煤窑，在井下掏煤。不过，有一次瓦斯爆炸，我和工友们被埋在井下，那一次，一下子就死了三十多个，那个黑心矿主，不但没受到惩罚，每个人两万块钱就把我们这些人的父母妻儿打发了。我看到那些父母妻子接钱时抖动的手和脸上的表情，一下子绝望了，也许你不信，好多人不是因为痛苦和伤心手才抖动，是因为看到那些钱，激动的兴奋的。"

马全哆嗦了一下。

那小伙子接着说："从此以后，我再也不愿意见到我的父母，并且我下决心，今后也不再娶媳妇。这样多好，天天无忧无虑，累了泡个澡，喝壶茶，眯一觉，想女人了，就去楼下的'滴雨美发厅'，一条龙服务，舒服得很。嗯，这位大哥，我看你头发也很长了，不妨一会儿你就去'滴雨美发厅'，剪剪头发，然后再享受一番。"

说完，小伙子"嘿嘿"笑起来。

说者无意，可听者有心。马全的心忽悠一下，觉得这倒是个不错的主意。平时，在菜市场，几个卖菜的闲下来，讲的净是美发厅的新鲜故事。每次都讲得马全热血沸腾，恨不得立刻就去找一个美发厅。可马全从来没进去过，他舍不得花那钱哪。可今天就不一样了，不是想好好地活它一天吗？那还有什么顾虑？

想到这里，马全一下子从小床上坐起来，就："好了，我该去冲一下澡了。"

马全站在滴雨美发厅门口犹豫不决。隔着玻璃，他看到里面一个女孩不时地朝他招手。马全故意扭过头去看别处，他的心却在怦怦地跳个不停。他隐隐约约看得出，那个女孩皮肤白白的，留着披肩长发，跟他的老婆可有着天壤之别。可除老婆之外，马全再也没有跟别的女人有过亲密接触，所以他很紧张。他红涨着脸，扭动着脖子，喉结上下滚动，眼睛不安地瞅着不远处的天河池。他猛地看到，在天河池二楼的窗口，刚才为他搓背的那个小伙子正朝他眨巴眼睛，像是嘲笑他，又像是鼓励他。

马全咬咬牙，扭过身去，终于推开了滴雨美发厅的玻璃门。那个女孩如同一团香风似的飘到了马全身边。天气都这么冷了，她穿的却是一条黑皮短裙，薄薄的羊毛衫下面，她的胸脯高得如同两座小山，它们轻轻地颤动着，几乎撞到了马全身上。女孩热情似火，嘴唇张开着，艳得就像一朵月季花。

女孩瞅着马全，哧哧地笑。

马全很拘谨，一只手不停地拨拉着头发，一条腿不停地在抖动。他看到墙上的那面大镜子里面，自己再也不是那个菜贩子马全了。里面的那个马全穿着一身笔挺的西装，打着领带，皮鞋亮得能够反光。只是脸色有些蜡黄，也许是因为紧张。

"嗨，老板，你刚才在门口站了半天，是不是害怕了？"女孩问。

女孩喊马全老板，这让他心里有点儿美滋滋。马全咳嗽一声说："我是来理发的，有什么可怕的？"

"就是呀，还能把你吃了不成？快坐快坐。你要什么发型？长一些还是短一些？"

马全说："随便吧。"

"哟，老板，你这头发可真够长的，多长时间没理了？"

马全想一想，中秋节前理过一次，至少得两个半月了。马全便说："有两个半月了吧。"

"哟，老板，看你穿得这么阔气，怎么不按时把头发剪剪？"

"忙啊。"马全叹一口气。

"哟，你可真是个大老板，理发的工夫都没有。"

女孩说话又快又脆，跟一架小钢炮似的，但这并不影响她手里的活儿。剪刀在她手中上下翻飞，跟她说话的声音一样，"咔咔"脆响。

"老板，让我猜猜你是干什么的吧。"

马全一阵慌张，忙说："不用猜，我是个卖菜的。"

"这位老板真会开玩笑，你是蔬菜公司的经理吧？"

马全咧嘴苦笑了笑。他看到这个女孩长长的脖子上，扎着一条洁白的丝巾，那丝巾的两头撅撅着，就像小白兔的两只大耳朵，不时地动一下。不知道为什么，马全对这个女孩，有一种亲切感，他想跟她说实话。

女孩突然弯下腰，伸出红嘴唇，趴在马全的耳朵上，放低了声音说："老板，过一会儿我给你按摩一下吧，很有意思的，很舒服的。"

从女孩口里喷出的热气，掠过马全的耳垂，暖暖的，痒痒的。马全觉得自己就像一块糖似的，要化了。但马全一时又不知道说什么好，他吭哧了半天，说："你先理发吧。"

"这不理完了吗？"

女孩说着，拿起电吹风，呼呼地吹干了马全的头发。马全看到镜子的自己，干净，整洁，似乎年轻了许多。女孩伸出手来，攥起马全的手。马全轻飘飘的，身子一点重量都没有。他们就像两只鸟儿，径直地飞进后面的小屋。

小屋里是粉红色的，有一股胭脂味儿。女孩轻轻一推，马全便倒在床上，身子软若无骨。

"你可真够轻的。"女孩说。

女孩纤细的手指划过马全大腿时，马全像被电着了似的浑身抖动了一下。女孩的脖子上，那洁白的丝巾，光滑滑的，凉丝丝的，正好盖在马全的脸上。马全盯着女孩长长的脖子，突然产生一种想要亲它的冲动，于是他伸出手，想解开缠在女孩脖子上的围巾。

让马全想不到的是，女孩大叫一声，"腾"一下从马全身上蹦下来。再看那女孩，脸上的笑容已经没有了，像是要哭的样子。

马全很尴尬，他不知道说什么好。他吞吞吐吐地说："你脖子又长又白的，这么漂亮，我只是想看看。"

那女孩一脸的伤感。过了一会儿，那女孩叹一口气，她动作缓慢地解开围巾。

马全大吃一惊，绕着女孩脖子的，是一圈又粗又深的疤。

"对不起，吓着你了吧。"那女孩的脸上又露出微笑来，"干我们这行的，有几道疤算不了什么，也许这就是代价。好了，不说这些，来，我让你痛快痛快。"

说着，那女孩又咯咯地笑起来。

马全开始心里还疙疙瘩瘩的，后来，他还是感到了舒服。他闭着眼睛，露出满脸的幸福。

那女孩突然问："我要给你做老婆，你愿不愿意？"

马全想了半天，说："我已经有老婆了。"

女孩又笑起来，说："看来得等下辈子了。"

马全心里一惊，他觉得不对，这女孩声音太像他老婆了。

马全猛地睁开眼，一下子从小床上坐起来，他两手捧起女孩的脸，他仔细地看。这女孩确实长得像他老婆。只不过屋子的光线太朦胧了，看了半天，马全也没看清楚。可是，马全的眼窝确实是湿了。

马全坐在天堂大酒店的窗前，酒过三巡，菜过五味，已经吃饱喝足了。马全看到窗外的天空变得阴沉起来，心情也重了许多。他想，该回家了，老婆儿子还在家里等着他，自己的三马子还躺在河沟里呢。对了，三马子会不会让人拖走了？要是那样可就坏了，我明天还要接着卖菜呢。想到这里，马全禁不住出了一身冷汗。他火急火燎地离开天堂大酒店。

也许是酒喝多了。马全的脑子有些迷糊，身子轻得不行，老是想要飘起来。马全一个劲儿地想让自己的脚步落在地上，可是不行。后来，马全还是飘了起来。耳旁，风呼呼地叫着，但这种感觉，比骑在三马子上要舒服得多。马全飘过城市的公园时，看到孩子们坐着过山车，急速地旋转着，发出哇哇的幸福满意的笑声。马全想，下一次抽空，一定带儿子来坐坐过山车，让他也体验一下这美妙的滋味。

不管怎么说，马全还是觉得他今天没有白活。就是回家挨老婆一顿臭骂，他觉得也值得。人不能光受苦受累，也得体验一下幸福生活。当然，人不能比人，你的幸福在别人那里也许一钱不值。但谁让你是马全？一个卖菜的农民。这就够了。

马全朝小马庄的方向飘着。真的醉了，让风一吹，他的思绪更加零乱。他看到云彩越来越浓，天空越来越暗。忽然，他发现柏油马路两旁高大的杨树上有很多人，有骑在树杈上的，有挂在树枝上的，有站在树叶上的。他们都朝他微笑着，挥着手。马全没想到，载他去凤都楼的那个出租车司机，跟他一起吃早饭的那个胖老头，以及在澡堂里给他搓澡的那个小伙子，还有滴雨美发厅里的那个女孩，此时，他们都在树上的人群里，他们都笑得很灿烂。突然，马全在人群中间看到了父母，他们面色红润，也在微笑着朝他招手。

喝多了，马全想，父母都相继过世好几年了，怎么会站在树上？

马全的身子越飘越高，真是飞起来了，于是，他干脆便做成鸟状，两手上下忽闪着，像鸟的翅膀。变成一只会飞的鸟儿，这可是他小时候的梦想。

马全沿着河沟飞着，他俯视着下面，他是在寻找自己的三马子。可是，直到他看到了小马庄的轮廓，就要拐下柏油路时，他也没有看到那辆歪倒在水中的三马子。也许早已被他们拖上来，推回家去了。马全安慰自己。

马全终于飞到了小马庄的上空。那炊烟的味道太熟悉了，就连那些牛马鸡鸭的叫声也让他觉得亲切。终于，他在自家的屋脊上停下来。让他高兴的是，他那辆三马子果然待在院子里。这样，他就放下心来。但让他奇怪的是，他家的院子里非常热闹，孩子们玩着闹着；大人们进进出出，表情严肃。是不是出了什么事儿？马全心里一急，便从屋脊上跳下来。他的身子还是那么轻，落地时，连一点儿声音都没有。

马全往屋里一瞅，心便抖了一下。果然出事了，他看到老婆和儿子正跪在地上哭，他们哭得鼻子一把泪一把的，很伤心。在他们面前，是一张门板，上面似乎躺着一个人，但被黑布子盖着，他看不清楚。他走进屋来。老婆和儿子只管低着头哭，根本就没看到他。

马全觉得奇怪。他在门板前站了会儿，便蹲下身子。他伸出手，轻轻地揭开黑布。让他吃惊的是，黑布下面躺着的是自己。他看到躺在门板上的自己，也是干干净净的，头发剪了，胡子刮了，穿的衣服竟然跟自己身上穿的一模一样。

突然，马全感到很累，从来没有过的累。他想扭头看一眼老婆和儿子，但就连这点儿力气也没有了。他一头栽倒在门板上。接着，他觉得身体就有了重量。

「给马兰姑姑押车」

冬天的乡村，天空总是瓦蓝瓦蓝的。阳光铺洒下来，显得特别清凉。池塘早已被厚厚的冰封死了，正是孩子们滑冰车的好时候。孩子们嗷嗷地叫喊着，冰车急速向前冲刺，不时有孩子摔倒在冰面上，引来其他孩子的一阵阵笑声。跟孩子们相比，大人倒清闲多了，他们揣着手，嘴里叼着自卷的大炮烟，轻轻地跺着脚。但并不是每个人都这么清闲。这时候，正是村子里婚嫁最为频繁的时节。谁家摊上这样的事，谁家便忙得不可开交。

　　红兵正是在这个时候听到了马兰姑姑要出嫁的消息。

　　当时，红兵正和他弟弟红星，还有石头、青松等一大帮孩子在池塘里滑冰车。红星跟青松撞到了一块。青松打了他一拳。红兵不愿意了，走过去一脚踢翻了青松的冰车。虽然红兵跟青松是同一年生的，都是九岁，但却比青松高出半个脑袋，青松有点怕红兵。红兵正想再跟上一脚，把青松踹趴在冰面上，却猛地听到石头他们发出一阵哄笑。红兵顺着石头的目光看去，看到马二奶奶正从地上爬起来。原来是马二奶奶跌了一跤。马二奶奶拍打着身上的土，朝这边骂了一句，便又一颠颠地朝南街走去。马二奶奶是一双小脚，体格胖，又穿着一件厚厚的黑棉袄，她走得又急又快，身子一扭一扭的，胳膊不停地向后拽悠着，那样子看上去就像一个慢慢向前滚动着的大皮球，很滑稽。孩子们又是嗷嗷的一阵哄笑。

石头回过头，有点神秘兮兮地跟红兵说："她那个漂亮闺女快走了，她能不着急吗？"

"快走了，往哪里走？"

"那个马兰，快给人家做媳妇去了。"

红兵这才明白过来。马兰姑姑要出嫁了。红兵心里猛地忽悠了一下子，心跳便快了许多，觉得自己喘气都有点困难了。

红兵站在冰上愣了片刻，再也没有心情滑冰车了。

红兵喊了一声红星，该回家了。便提起冰车，朝岸边走去。弟弟显然还没有玩够，他好像没听到红兵喊他，他盘脚坐在冰车上，拿手中的铁棍一撑，冰车便向远处滑去。

红兵一个人回到家里，看到奶奶正把洗好的衣服晾在纤条上，水珠像一串串冰糖豆似的淌下来，闪着晶亮的光。地上湿了一片，奶奶跺了跺脚，她看到红兵一个人走进门来，便问道："红星呢，红星没回来？"

"马兰姑姑要出嫁了。"红兵说。红兵瞅着奶奶，那目光如同耙子一样，似乎想从奶奶的脸上捞着点什么。果然，奶奶脸上的皱纹便舒展开了。

"真的？哎呀，我得赶快把那块花布料给你马兰姑姑送过去。"

奶奶说着，便拐拉着小脚走进屋去。红兵把冰车扔到墙根底下。红兵看到两只麻雀飞过来，落在光秃秃的枣树林枝上。红兵举起胳膊，使劲儿挥了挥。那两只麻雀便叽叽喳喳地飞走了。

奶奶从屋里走出来，手里多了一块花布料。那布料是黑底儿，花是大红的，碎花。奶奶说："红兵，过来帮奶奶个忙。"红兵走过去。奶奶让红兵攥住布料的两个角，轻轻一抖，那布料便展开了。红兵的眼睛被耀了一下。接着，红兵又闻到一股浓浓的樟脑球味儿。奶奶拿手抚摸着布料说："你看这布料，多鲜活，这还是你爹娶你娘的时候，人家送的呢。"不知道为什么，红兵一听奶奶说这话，脸便红了。红兵有些嫌弃奶奶唠叨，就把布料使劲抖搂了一下。布料差点从奶奶手中脱开。奶奶被吓得一哆嗦："慢着点，该死的。"

奶奶重新叠好布料，然后把布料紧紧地夹在胳肢窝里，说："我给你马兰姑姑送去。"

"我也去。"红兵说。

"你去干什么？又不是三岁两岁的孩子。"奶奶劈头盖脸地说。红兵只好眼睁睁地瞅着奶奶走出门。

红兵坐在清冷的院子里，心里有点没着没落的。红兵咬着牙，嘟着嘴，眼睛盯着一只咯咯乱叫的老母鸡，像是跟谁赌气似的。是不是马二奶奶要让别的孩子去？红兵摇了摇头。不会的，红兵想。让红兵给马兰姑姑押车，这可是马二奶奶亲口跟他和奶奶说的，并且不止说过一次呢。红兵记得清清楚楚。

奶奶会给小孩收魂。谁家的孩子受了惊吓，把魂儿吓跑了，晚上睡觉哭闹，白天没有精神，就叫奶奶去收魂。一般收魂，都得等到天黑孩子睡实了以后。晚上天黑，奶奶为了有个伴儿，总是带上红兵。红兵在前面打着手电筒，奶奶在后面跟着。马二奶奶的小孙子经常被吓着。奶奶便带着红兵给马二奶奶的小孙子去收魂。马二奶奶见到红兵，便稀罕得不得了，摸着红兵的头说："你看这胖小子，长得多精神，等小兰子出嫁的时候，让这胖小子给她押车。"

马二奶奶的话，把红兵说得像吃了蜜糖似的，心里甜甜的。长这么大，红兵还没给别人押过车呢。去年，红兵看到石头给人家押车回来的样子，心里羡慕极了。石头穿着一身新衣服，红光满面地从车篷里钻出来，手里还大包小包地提着。红兵知道那包里是糖块和点心，便跑上前，说："石头，给块喜糖吃吧。"石头好像没看到红兵，躲过红兵便走远了。石头的身子一颠一颠的，嘴里还哼哼着歌。

自从马二奶奶说过这话以后，红兵就一直盼着能听到马兰姑姑出嫁的消息。今天终于听到了，不过，是从石头口里听到的。听石头的口气，马二奶奶并没有让他押车的意思。要是让石头押车，他早就跟红兵说了。可石头他爸是村里的会计呀。想起这些，红兵心里就火烧火燎的。

　　写到这里，还是先说说押车是怎么回事吧。在鲁北平原，闺女出嫁，那可是一件很隆重的事情。都得要有娘家人去送的。一般都是三驾马车。当然，那时候村子里没有汽车，也没有拖拉机。实际上，三驾马车一字排开，用新席子或苇箔扎起拱形的篷子，六匹大马披彩挂红，行走在清晨的平原大道上，星星眨眼，铃声悠扬，也是蛮气派的。第一辆马车上坐的是两三位男客，一般是村支书和新娘本家的长辈。第二辆马车上坐的是新娘和两位女客，这两位女客一般是新娘的婶子和嫂子。而最后一驾马车则是拉新娘嫁妆的。在那个时候，姑娘的嫁妆通常是八铺八盖和两个大木箱子。马车前头放一个大箱子和四床铺盖，马车后头也放一个大箱子和四床铺盖，车厢中间，放的则是些茶壶茶碗、暖瓶果盘一类的东西，条件好的还配送一台收音机或者缝纫机。而在这车上，是必须得有一个小男孩的。他坐在这些嫁妆中间，把这些嫁妆押到姑娘的婆婆家去，这就叫押车。押车，意思就是把这些嫁妆看好，不得丢失，当然，嫁妆都让绳子绑得结结实实，想掉都掉不下去。后来红兵才明白，人们让一个小男孩押车，完全是为了吉祥。当马

车停在新郎家门口，人们一拥而上，解绳子的解绳子，
扛东西的扛东西。这时候，小男孩的权力大了，把身子
压在铺盖上不让解，或者两手抱住箱子，不让扛。怎么
办?拿糖，拿点心，拿钱来，钱少了还不行。最后，糖有
了，点心有了，钱也攥到手了，小男孩也就撒手不管
了。并且，这个小男孩还像个小大人似的坐在上席，闹
一顿好吃的不说，还不时得到那些外村人的夸奖，那脸
面，风光得很。对于一个孩子来说，给新娘押车，那可
是最肥的差事。

　　红兵当然不想错过这样的好差事。红兵坐在院子
里，等着奶奶给马兰姑姑送布料回来。也许奶奶一回
来，就会把好消息告诉红兵。

　　光秃秃的枣树枝上，麻雀飞走了一拨又一拨。纤条
上晾着的衣服，也半天掉不下一滴水珠来。太阳变得
越来越鲜亮，几乎爬到了天的正中间。红兵坐不住了，
站起来，走出院子。

　　红兵朝马二奶奶家走去，脚步迈得很急促。红兵想
停下来，可他发现，他已经无法让自己的脚步停下来
了。红兵看到马二奶奶家的大门是开着的，马兰姑姑穿
着一件红棉袄，正把手里的高粱撒向围着她的那帮鸡

鸭。鸡鸭叽叽嘎嘎地叫着，扇动着翅膀，上蹿下跳。马兰姑姑把一对大长辫子甩过来甩过去，不时拿脚踢向那些不老实的鸡鸭。

马兰姑姑看到红兵站在门口，便高兴地跑过来，她拉着红兵的手，走进屋里。

"放个屁的工夫你就跑来了，你不会在家里待一会儿。"奶奶训斥着红兵。

"咦，嫂子，你这是咋说话，孩子孩子，能关得住嘛。"马二奶奶拉着奶奶的手，两个人看上去亲热极了。

红兵靠着门框，两只眼睛紧盯着炕上摞了很高的新被子。那肯定是配送给马兰姑姑的新铺盖，有红的，有绿的，有花的，鲜活得很。红兵想上去抚摸一下，想听到马二奶奶能再重复一遍她原来说过的话。可马二奶奶就是不说。

马兰姑姑捧着一大捧花生往红兵兜里塞。红兵把一根指头衔在嘴唇上，忸怩着身子，说不要不要。马兰姑姑说要吧要吧，马兰姑姑当然不知道红兵想要的是什么。马兰姑姑的头发扫在红兵脸上，有一股香香的味儿。

这时候，奶奶直起身子，说："该走了，该走了，回家还得做饭呢。"

　　马二奶奶一直攥着奶奶的手，唠唠叨叨地说着客气话。红兵支棱着耳朵，盯着马二奶奶的嘴。一直来到大门外面，红兵也没听到有关押车的事。红兵一边向前走，一边不停地回头，红兵看着马二奶奶和马兰姑姑满脸的笑容和挥动着的手，眼珠都红了。

　　红兵一下午都没有精神，一直待在院子里做一把木头宝剑。石头他们喊红兵去供销社门口弹琉琉球，红兵都没去。红星倒是跟着去了，可一会儿便哭哭啼啼地跑回家来，原来他的一个琉琉球被人家扔进了柴火堆，找不到了。红星说："红兵，你得给我报仇，走，咱们揍他去。"红星上来拉红兵的胳膊。红兵不耐烦地抖抖手，没理他。红兵谁都不爱理。红兵拿铅笔刀使劲儿削那根木棍，脚下面已经堆了好多木屑，它们像雪花似的白得耀眼。

　　马二奶奶是提着灯笼过来的。当时，红兵正坐在炕上搓棒子。棒子就是玉米，这里的人们都这么叫。搓棒子就是把干透了的棒子搓下粒子来。屋子里生着炉子，很暖和，所以马二奶奶一进门，先把一股冷风带进来。

　　"可冻死我了。"

马二奶奶一边跺脚，一边吹灭手里的灯笼。奶奶已经停下手里的活，正扒着炕沿找靴子。

"他婶子，快，快上炕暖和暖和。"奶奶说。马二奶奶也不客气，把灯笼放在柜子上，一挪屁股便把腿盘到了炕上。她伸手挨个摸了红兵和红星的后脑勺，说："你看这俩秃小子，怪喜人的。"

弟弟把脑袋像拨浪鼓似的晃了两下，他显然不喜欢马二奶奶那只冰冷干燥的手。可红兵就不一样了，自从马二奶奶一进门，红兵的心便悬起来。红兵马上意识到了什么，因此，一向不喜欢说话的红兵，这次竟然回头笑着喊了一声奶奶，把个老太太喊得嘴都咧开了花。

奶奶说："是不是你那小孙子又吓着了？"

马二奶奶说："嫂子，这次可不是来找你的，这次是来找人家红兵的。"

红兵一听，肚子里立刻生出一眼清泉，一种甜甜的感觉像泉水似的在身上流淌四溢。

马二奶奶接着说："晌午时把这事给忘了说。"

奶奶说："啥事呀？你这么急慌。"

马二奶奶说："让红兵给他马兰姑姑押车呀。"

奶奶"噢"了一声。

一旁的红星猛地梗起脖子，他瞪着眼盯了马二奶奶片刻，似乎才明白过怎么回事来。

红星说："奶奶，你咋不让我去?"

马二奶奶没想到红星会这么说，一下子让红星问住了，不知怎样回答才好。马二奶奶让红星闷了个大红脸。

还是奶奶说："红兵是哥哥，排也得先排你哥哥呀。"

"对，对呀，"马二奶奶笑了，"应该是哥哥先去嘛。"

听马二奶奶这口气，如果她还有一个没出嫁的姑娘的话，她现在就答应红星了。可马二奶奶只有马兰姑姑一个女儿。

弟弟把嘴巴噘出去好长，他把棒子粒儿弄得哗啦啦直响。

红兵终于如愿以偿。可在等待马兰姑姑出嫁的日子里，红兵过得并不轻松。红兵的心如同被一根绳子揪着，紧巴得要命。在课堂上，听着听着老师讲课，魂儿便不知什么时候飞走了。有两次，红兵斜着眼盯着窗外，老师走到跟前，巴掌几乎落在脑门上了，红兵还没回过神来。

这样的日子真是难熬。每天早晨起来，红兵便问奶奶："奶奶，还有几天？"

奶奶光笑。奶奶做着手里的活，不时从老花镜后面露出眼睛来，瞅红兵一眼。奶奶撇着嘴说："我听你马二奶奶说，人家又不让你押了，人家让刘七家的黑头押。"

一说黑头，红兵笑了。红兵知道奶奶是跟他闹着玩儿，因为黑头是个傻瓜。

这一天上午，红兵看到马二奶奶家门口停着三辆马车。九成和三得正把一根根竹片打成弯儿，绑在马车上，他们脚下是几领苇箔。红兵想肯定是马兰姑姑出嫁的日子到了。

红兵撒腿便往家里跑。

奶奶正弯着腰拨拉簸箩里的小枣，把颜色变黑的拣出来。阳光落在火红的小枣上，把眼睛都弄疼了。

"奶奶，我看见九成和三得正在给马车扎篷子呢。"

奶奶直起身，嘴巴里还在不停地动着，奶奶吃的是那些变黑的小枣。奶奶拍拍肥大的黑布裤子，她没理红兵，而是径直走进里屋。她掀开挂在墙上的月份牌，然后转过身来说："总算是等到了，明天你就坐席去了。"

红兵一下子蹦起来。

奶奶"嘘"了一声，说："别跟你弟弟讲，明个一大早，悄没声地走了就行了。"

奶奶打开柜子，把红兵的新衣服拿出来。

一会儿，那件咖啡色的条绒褂子和那条海军蓝裤子便被挂在纤条上，这些都是红兵过年时候才穿的衣裳，如今，它们在阳光下散发着暖色的光泽，一股樟脑丸的气息钻进鼻子里，红兵使劲地打了个喷嚏。

果然，刚吃过晌午饭，马二奶奶便颠着小脚跑来了。她进门便塞给红兵两块糖，然后双手捧起红兵的脸蛋说："明天，咱可得起个大早了。"马二奶奶的手心冰凉，她嘴里的牙黄乎乎的，已经掉了好几颗，她一说话儿，有一股虾酱味儿便喷到红兵脸上。要是平时，红兵早就跑开了。可是今天，红兵却站在那里一动不动地傻笑着。

"嫂子，兰子她婆家远，明个起来得早，大冷的天，你可得给孩子穿上件厚棉衣，车上有褥子再搭搭，咱可别把孩子冻坏了。"

"他还能冻坏了？你看他那心盛劲儿吧。"奶奶直笑。

"对了，"马二奶奶又想起了什么事儿，说，"孩子，明天到了那边，咱可要压住被子，谁抱也不让他抱。他给你糖，你就让他抱一床；他给你点心，你就再让他抱一床。可别撒手太早。他给钱才行呢。"

马二奶奶比比画画的，像在戏台上演戏似的。

不过，马二奶奶刚走。奶奶便说："咱可不能使那样的傻劲儿，人家给你个十块八块的，你就让人家搬。"

奶奶她们说的这些话，红兵都听不进去了。红兵只盼着天快点黑。

说句笑人的话，那天夜里，红兵失眠了。那也许是红兵一生中最早的一次失眠。红兵躺在炕上，说什么都睡不着，先是听到爷爷的呼噜声，接着又听到奶奶磨牙的声音。炉口把墙壁映得红彤彤的，红兵盯着暗红的墙，一点儿困意都没有。后来，炉子上的铝壶发出"滋滋"的声音，那声音就像一首没完没了的歌，一直在红兵耳边唱着，唱着。

随着几声零星的狗叫，一串清晰的脚步声从胡同里走过去。奶奶发出一声深深的叹息，她从梦中醒来，接着一下子从被窝里坐起来，炉火映红了她的脊背，她那一对布袋似的乳房在阴影里晃荡了两下。奶奶看了眼黑洞洞的窗外，这才放松下来，开始不慌不忙地穿衣服。

"奶奶。"红兵躺在被窝里，轻轻地叫了一声。

奶奶一惊，回过头瞅着红兵说："醒了，你真厉害，没喊你就醒了。"

红兵想跟奶奶说我根本就没睡着，可又怕奶奶笑话他，说他没出息，便把话咽了下去。

这时候，爷爷也起来了，拉开电灯。爷爷说："嘿，这电灯真亮，刺得都睁不开眼。"那是村子里第一年用电灯，所以爷爷奶奶经常念叨这电灯多么亮多么亮，念叨得红兵耳朵眼里都长了茧。

红兵刚把新衣服穿上，新靴子还没来得及穿，外面就传来敲门声。爷爷提溜着裤腰带跑出去。不一会儿，爷爷和支书树青走进屋来。树青腋窝里夹着一把手电筒，一身中山装也穿得板板正正。他说："小子，咱今个多精神呀，你看这身衣服漂亮得。"爷爷从柜子里拿了一盒好烟，抽出一根递给树青，又给树青点上。

"你看把这个孩子高兴的，红兵没喊他，他个人醒了。"奶奶又接着说，"树青，孩子交给你了，你可给我照管好。"

树青说："婶子，你尽管放心，要不让孩子吃得嘴唇放光，肚子里流油，那我树青这支书算是白干了。"

"对了，"支书树青说，"小子，咱可得压好了箱子，他不掏出五张'大团结'来，咱可不能撒手。听到了没有？"

支书树青朝红兵伸出一个巴掌，看他的样子，可不像是说着玩的。

东边的天空还没有丝毫要亮的痕迹。支书树青在前面打着手电筒，奶奶牵着红兵的手，在后面跟着。影子一会儿长一会儿短，有风吹过来，刚刚洗过的脸被扎得生疼。离马二奶奶家门口还有很远，就看到已经有很多人在忙活了。三辆马车早已一字排开，昏黄的电灯底下，人们一说话儿，便有一团白色的热气从嘴里喷出来，马二奶奶家的院子里热气腾腾，原来，马兰姑姑正吃马二奶奶给她下好的素馅饺子。马二奶奶递给马兰姑姑一双筷子，说："吃吧，兰子，吃了到人家过日子肃静。"马兰姑姑拿起筷子，一个饺子只咬了一半，便哭了。先是一抽搭一抽搭的，后来全身也跟着抖起来。马兰姑姑身边围着一堆妇女，有的捂着嘴笑，有的张着嘴打哈欠，几个上了年纪的说："你看这孩子，大喜的日子，哭啥？好了好了，多吃两个。"这些人都是来送马兰姑姑上车的。可这时候的马兰姑姑，早已泣不成声，别说吃饺子，就是话也说不出来了。这让红兵很不理解，结婚喜事，马兰姑姑为什么哭得这么痛心呢？

外面有爷们儿喊："好了好了，上车了上车了。"

屋子里挤成团儿的妇女便"嗡"一声散开了。人们让出一条道，两个穿着干净的女人扶着马兰姑姑向外走。马兰姑姑哭得更来劲了，她猛一回头，一耸身子，接着想往马二奶奶怀里扑，身边的人把她抱住了，后面的女人们紧跟着站成一堵墙，便把马兰姑姑和马二奶奶隔开了。马兰姑姑来到院子里，她的大红棉袄在灯光下特别鲜艳。透过人缝，红兵看到屋里只剩下马二奶奶一个人，她孤零零地站在那里，伸着脖子，两眼呆痴，两只手半举着，像是没处放似的。

这时候，人们都涌到街上，黑影憧憧，嘈杂声响成一片，村子里的狗也齐声叫起来，真像是给马兰姑姑送行。支书树青把红兵抱起来，推进最后面那辆马车里。奶奶扔给红兵一件棉大氅，让红兵穿上。赶这辆马车的是三得，他站在车头，手里攥着马缰绳。这时候，前边的马车已经动了，只见三得举起马鞭，在空中划了一下，便发出一声脆响。马车忽悠向前一冲，箱子上的铺盖也跟着晃悠了一下子，接着，马脖子上的铜铃铛便发出清脆的声音。三得紧跑两步，一下子跳上车头，他挪了两下屁股，便坐稳了。

夜色依然很浓。天上的星星挤成一团，不停地眨巴着眼睛。身后的村子里，公鸡开始了第一声啼鸣。

此时，红兵紧了好几天的心终于放松下来。寒风透过苇箔钻进车厢，钻进红兵的脖子里。红兵忙缩脖子，把身旁的一床褥子盖在腿上。也许是一宿没睡觉的原因，肚子里咕噜咕噜叫起来。红兵满脑子里都是热气腾腾的大鱼大肉。人家说像这样的喜宴，都得上几十个盘子的好菜，想着这些，口水便滋地从牙缝里渗出来。红兵从兜里抠出一块糖来，剥开，塞进嘴里。渐渐的，身上暖和了。马蹄声和铃铛声有节奏地响着。不知不觉，红兵竟然睡着了。

这一觉可让红兵后悔了好长时间。红兵是在一阵鞭炮声中醒来的。抬起头，红兵看到天已大亮，外面围了很多人，那些半大小子们嗷嗷地叫着，还叽里咕噜地往一块儿挤。这些人红兵一个都不认识。赶马车的三得呢，支书树青呢，红兵心里一下子毛了。更让红兵难受的是，红兵发现车头的铺盖和箱子，不知道什么时候都让人家给弄走了。这时候，正有两个人在架后面的箱子。红兵的脑瓜子

"嗡"一下就大了，红兵急得差点哭了。有一个留着两撇小胡子的男人爬上车，把红兵抱起来。这个小胡子长得像个日本鬼子，吓得红兵气都不敢喘。当他抱着红兵钻出车厢，红兵看到太阳已经升到了半空。

人们都盯着红兵笑。他们的面孔都是陌生的。抱红兵的小胡子男人也咧着大嘴哈哈笑，他跟别人说："你们看这个小亲戚，睡得可真够瓷实，还没醒过盹来呢。"

后来红兵终于看到了三得和九成他们。他们正坐在屋里人模人样地喝茶，他们一看到红兵，就不怀好意地笑了。当然，有外人在场，他们没笑出声。

那个抱红兵下车的男人从后面跟进来，说："这个小亲戚，睡得可真够瓷实，我抱他下车的时候，他还没醒过盹来呢。"

一屋子人都哈哈地笑起来。红兵便忙低下头，觉得脸都丢尽了。那些糖、点心，还有钱，红兵一点儿也没捞到。本来打算得好好的，可现在什么都没有了。红兵心里难受极了。

那顿饭红兵都不知道是怎么吃的。他光记得在回家的路上，他们这个一句那个一句，都在挖苦他。

三得说："我回头一看，这小子竟歪着脖子还没睡醒，我还没来得及叫他，就让人家把缰绳接过去了。"

九成说："你要的糖呢，拿出来让大伙尝尝。押车的钱呢，拿出来让大伙看看。"

本来红兵心里就不好受，让他们七嘴八舌地一数叨，满肚子的委屈就憋不住了。红兵呜呜地哭起来，拿袄袖子不停地擦眼泪。后来，支书树青跳上了这辆马车，说："你们这帮王八蛋，逗弄个孩子干啥？"他把三得九成他们骂了一顿，又回过头来跟红兵说："红兵，该得到的那些，咱一份都不能少。"说着，支书树青便把糖和点心塞进红兵怀里，然后又举着那二十块钱，说："这钱，我可不能给你，我得到家交给你奶奶，你这个小拉拉蛋，送给你个媳妇你也得丢了。"大伙都笑了，可红兵的心里却一点想笑的意思都没有。

虽然支书树青把糖和点心塞进了红兵怀里，红兵也知道该得到的东西一点都没有少，可红兵的心里，却再也高兴不起来。红兵隐隐地感觉到，这些令人向往的事情，结果并不是都那么令人高兴。红兵似乎明白了马兰姑姑为什么在这样的日子里失声痛哭。红兵坐在马车上，盯着冬日阳光下暗绿色的麦田，猛地觉得自己长大了不少。

「火色马」

女人坐在树荫里，阳光斑驳地落在她身上。风一吹，树叶哗啦啦响过，女人身上的碎花衬衫便泛起片片光斑，像水面上划过的鱼儿。汗水把女人凌乱的头发粘在额上，有几根伸下来，扫过女人枣色的脸膛。女人把草帽攥在手里，不停地摆。

　　这是一个夏天的中午，除了满目的翠绿，便余下无尽的蝉鸣。女人身旁，是丈夫留下的二亩菜地。丈夫种菜已经好几年了。往年这个时候，正是收获的季节，她和丈夫整天守在菜地里。一大早，丈夫给菜地浇水，她呢，跟在丈夫屁股后面，施肥除草，不时有菜蛇从她脚下钻过去，她便惊叫着扑进丈夫怀里。丈夫也惊得竖直身子。丈夫怕的不是菜蛇，是她。丈夫拿两条胳膊往外挡她，忸怩着身子，皱起黑红的眉头，露出厌嫌的样子。她心里明白，丈夫不是真的厌嫌她。丈夫是怕别人看见。是啊，他们都是快40岁的人了。大儿子董强都17岁了。去年丈夫托关系给董强在城里找了份工作，给人家商场做保安。丈夫不想让儿子一下学就钻庄稼地。丈夫说，年轻嘛，就该去外面闯一闯。儿子都这么大了，丈夫不愿意让人抓住话把儿，闹出笑话。可有时候，丈夫越躲她，她便越故意往他身上靠。她喜欢丈夫身上的那股汗腥味儿。

女人想到这里，嘴角禁不住抽动了一下，她的鼻孔变粗了，她似乎真的闻到了那股她再熟悉不过的汗腥味儿。她抬起头，向四周扫了一圈，可眼前全是晃动着的菜叶子，她看到了长长的黄瓜和圆圆的西红柿，还有乌黑锃亮的大茄子。她禁不住又抽动了一下鼻子，这一次，是一股清爽爽的略带些甜味的气息。女人轻轻地叹口气，便垂下头。再也不会见到那个熟悉的身影了。女人又给自己强调了一遍这样的事实。这几天来，女人已经出现好几次这样的错觉。

"娘。"小儿子董生提着饭筐，从玉米棵子后面钻出来，董生已经11岁了，什么事都懂。这几天，他不再跟那些孩子们傻玩。放了学，他就来菜地里帮着她干点什么。中午女人不回家，他便在家里热好饭，送到地里来。

"娘，吃饭吧。"

董生把饭筐放在女人面前，伸手解开了筐里的麻布，麻布里露出油饼和咸鸡蛋来。

女人看到油饼和咸鸡蛋，心里便颤悠了一下。这是她昨天晚上，专门给董强准备的。她知道董强最爱吃她烙的油饼卷咸鸡蛋。于是她烙了厚厚的一摞油饼，又煮了十几个咸鸡蛋。她想让董强带上，进城后最少也能吃个两天三天的。但董强不听话，说好今天一早就走，可他根本没打算走。天还没亮，董强便推着抽水机来到菜地里。

想到这里，女人的心里鼓起一团气。丈夫刚走，孩子们就不听她的话了。可话又说回来，孩子为什么不走呢？丈夫在的时候孩子为什么又是那么渴盼着进城？孩子不走是有他自己的想法，这说明他真的懂事了。这么一想，女人心里的那团气又慢慢地消散了。并且，心里渐渐地不安起来，上午，女人有些气急败坏地打了孩子，女人的心猛地就疼了一下。

"董生，你哥走了没有？"

"走，往哪儿走？躺在床上睡大觉呢。"

"他吃饭了没有？"

"我没看见他吃饭，他好像跟你生气了是吧？"

女人卷起油饼。油饼热乎乎的。女人咬一口，觉得嘴里的油饼黏腻腻的，跟泥巴似的，一点儿滋味儿没有。

天空瓦蓝瓦蓝的。虽然天已过午，但太阳的威力丝毫未减，不时旋起一阵风，但风是热的，带来的只是远处玉米叶哗啦哗啦的撕咬声，像一群老人在笑。女人端起水壶，仰起脖子来灌两口，然后对董生说："好了，你该上学去了。饭筐放在这里吧，晚上我带回去就行了。"

董生说："娘，下午我帮你摘柿子吧。这么多柿子，你啥时候能摘完？"

女人一听儿子这话，一股莫名的火气又"呼"地蹿上来。女人霍地从地上爬起，她瞪着眼，拿手指着董生说："滚，给我滚，你现在的任务是把学上好，菜地里没你的事。"

董生瞪着眼睛，绞着腿绊着脚向后退几步，便慌里慌张地走开了。董生扭过头去的瞬间，眼睛里似乎有晶莹的亮光闪动。

盯着董生瘦小的背影，女人禁不住骂起自己来。这是咋了？吃枪药了不是？干吗朝孩子发这么大火？有话不会好好说？咋就像个泼妇似的？以前你可不是这个样子。你说说，这到底是咋了？是的，丈夫不在了，你摇身一变，成了一个寡妇。你委屈，肚子有火气，要发泄是吧？但孩子们呢，孩子们不也失去了爹吗？

女人愣愣地站在那里，阳光砸在她的脑门上，她的太阳穴怦怦直跳。

女人一直觉得，丈夫是累死的。再过两个月，丈夫才满40岁。在女人的印象中，丈夫从来不知道什么叫累。丈夫长得人高马大，脸膛黑黑的，头发短短的，走起路来，身子一晃一晃，一对大脚板落在地上，铿铿地响。不知道有多少次，女人跟在丈夫身后，踩着丈夫踏出的脚印，心里暗暗地笑。在女人眼里，丈夫就像一匹高头大马。丈夫的眼睛就是马的眼睛，丈夫的头发就是马鬃，丈夫黝黑的胸膛就是如同绸缎般光滑的马背，丈夫踏出的脚印就像马蹄印那样宽阔，就连丈夫说话的声音也像马的嘶鸣。有几次，女人看着丈夫劳作时的身影，眼前猛地就出现一匹雄赳赳的枣红马。女人就控制不住地笑了。丈夫如同木桩似的站在那里，瞪着一对马眼愣上片刻，然后骂她神经病。女人的笑声更加响亮。女人捂着肚子，笑得前仰后合，眼里充满泪花。

可就是这么壮实的一个男人，说走就走了。女人仍然能记起丈夫走时的那一天的模样。那天早晨（说是早晨，实际上外面天还黑着呢，夜正深），丈夫推了她两次，她都没从床上爬起来。丈夫就使劲儿在她屁股上拍一巴掌。在女人懵懂的记忆中，那一巴掌又脆又响。响过以后，她听到丈夫嘿嘿的坏笑声。丈夫说："快起来，都快四点了，摘完也得五六点钟了。"丈夫自有丈夫的道理。丈夫还得开一个多小时的三马子（农用三轮车），在太阳出来的时候赶到城里的菜市场。在黄灿灿的阳光下，丈夫筐里的黄瓜又鲜又嫩。城里人自然喜欢。女人从床上爬起来，打一个长长的哈欠。她脸也没洗，便爬上丈夫的三马子。三马子接着响起来，发动机嘟嘟的声音划破了夜空。那一刻，天上的星星还密密麻麻的。女人坐在车上，似乎还没有醒过盹来，她眨巴着眼睛，瞥了眼丈夫的后脑勺。她心想，丈夫哪来的这么大精力。她总觉得丈夫有使不完的力气。

昨天晚上，他们浇完菜园回到家里时，已是九点多钟。浇菜是有讲究的，都是两头浇，不是早晨，就是晚上。丈夫不进城卖菜的时候，都是早晨浇。要是第二天早上进城卖菜，那就得头一天晚上浇。丈夫说："浇上水的菜，第二天新鲜好卖。"浇菜从来都是丈夫的事情。丈夫就着花生米和小干鱼，又喝了二两老白干。女人收拾桌子的时候，丈夫在她大腿上摸了一把。女人明白丈夫的意思。可女人并不情愿。女人不是不想。女人是心疼丈夫，她觉得丈夫太累了，明天还要起早进城卖菜。女人想再壮实的人也不是机器呀。可丈夫不管，丈夫看完电视上的晚间新闻，便一头扎进女人怀里，像吃奶的猪崽似的又咬又拱，照例又趴在女人身上扑腾了半天。可一大早，女人没睡醒，丈夫却精神抖擞地起来了。所以女人对丈夫又心疼又佩服。那天早晨，在星星眨巴着的眼睛下，女人又想到了那匹枣红马，不，是一匹火红的大马。

女人把竹编的筐子一字排开。筐子足足有八九个，它们像一个个憨实的孩子似的卧在地头上。女人提起篮子，走进菜地。架西红柿的架子比她还高，是丈夫用竹竿扎的，扎得又结实又整齐，现在，它们已经被西红柿的藤叶密密实实地盖住了，一排排的，像绿色的墙。女人站在里面，宛如站在修剪整齐的绿色长廊里。女人被周围的绿色遮住了，遮得透不过气来。那一个个圆圆的红润润的西红柿，像一张张娃娃的脸，又像一盏盏火红的小灯笼，它们两三个抱成一团儿，看样子亲热得不行。女人有些不忍心去触碰它们，伸了两次手，还是把一个西红柿攥在手里。西红柿毛茸茸暖烘烘的，把女人的脸也映得通红。

早上，女人跟李家父子打好了招呼。西红柿又该收了，这几天忙着办丈夫的丧事，有很多西红柿熟过了，烂在地里。李家父子是菜贩子，专门搞批发，少了人家看不上眼，多了吧，价格肯定上不去。李家父子跟女人说，他们都是论筐收，40斤的筐，六块五。老李跟女人说："没办法，兄弟媳妇，咱不能做亏本的买卖吧。"女人认了。六块五就六块五，总比烂在地里强吧。人家傍黑来拉西红柿，女人得快点摘。

丈夫活着的时候，这些事儿哪用得着女人操心。丈夫知道什么时候卖什么菜，丈夫总能把菜卖上个好价钱。

女人又想起丈夫走的那天来。那天中午刚过，女人正在菜地边捣家肥，就听到远处传来三马子呜隆呜隆的声音。女人没想到是丈夫回来。三马子近了，女人才抬起头。丈夫已经把三马子停下来。

女人说："卖完了？"

丈夫说："卖完了。"

女人说："这么快！"

丈夫禁不住"嘿嘿"地乐了。丈夫站在地头上，挺直腰板，深喘一口气。丈夫的脸色黑乎乎的，看上去有些疲倦。

女人说："喝口水，歇歇吧。"于是丈夫坐下来。丈夫点着一根烟，眯缝着眼睛，瞅女人。女人举着一把铁锹，正把一块块的家肥捣成碎末。

丈夫突然说："你猜今天黄瓜卖的是几毛？"

女人停下手里的活，她从丈夫兴奋的目光判断出，价格肯定卖得不错，便说："五毛？"

丈夫"嘁"了一声，迅速地伸出两根手指头。

"八毛啊！"女人惊叫一声。女人知道，今天一大早，她和丈夫摘了少说也有二百斤黄瓜。怪不得丈夫这么兴奋。老远打城里回来，家也不回，就直接跑到菜地来。

丈夫扔掉手里的烟头，打地上站起来。他晃悠着身子来到女人身边。

女人说："再歇会儿，你忙啥？"

丈夫说："不累，他娘的我一点都不觉得累。"

说着，丈夫夺过女人手里的铁锹，高高地举起来，一下子落在一块大大的家肥上。家肥腾起一股灰色的浓烟，把铁锹都包围了。

女人坐在一旁，看丈夫捣家肥。

女人说："你吃饭了没有？"

丈夫说："一斤肉包子，不过，那味道，比你包的差得远。"

女人心里美滋滋的，她最喜欢丈夫说这话了。丈夫确实爱吃她调的馅子。

女人说："那咱晚上再包大包子吃？"

丈夫说："不吃了，刚吃完，这样吧，一会儿你路过徐家铺子，给我弄上半斤猪头肉，解解馋行吧？"

"美得你，"女人嗔怪道，"我知道你又想喝酒。"

男人嘿嘿地笑了，说："我那酒量，你又不是不知道。"

女人心里明白，自己无法拒绝丈夫的要求。

后来仔细想想，女人觉得那天丈夫的举止是有些异常的。那天傍晚，丈夫坐在院子里的饭桌旁，吧唧吧唧地吃着猪头肉，滋溜滋溜地喝着老白干，不时地昂起头看那趟去年冬天刚盖起来的红砖瓦房，并且突然问女人："前几天，人家给董强提的那门亲事有没有谱？"

女人说："八字没一撇呢，再说，董强还小，还不满十八，找这么早干啥？又结不了婚，还不光往里填钱。"

丈夫点点头，说："也是，要是再缓两年，他娘的我就能梆梆地拍胸脯了。"

吃完饭，丈夫卧在躺椅里听收音机。女人看到丈夫的头耷拉着，便说："累你就进屋先歇着吧。"

丈夫竖起脑袋说："孩子他娘，我咋觉得这么难受呢？后背疼得厉害，肯定是白天不知咋的闪了一下，你给我弄点白酒搓搓。"

丈夫一说这话，女人想到别处去了，她寻思丈夫又想要那事儿。今天，女人说什么也不会同意的。丈夫太累了。

女人说："搓啥搓，睡一觉比啥都强。"

丈夫很听话，没再跟女人争。丈夫站起来，真的进屋睡觉去了。

说什么女人也没想到，这一觉睡去，丈夫就再也没醒来。

丈夫得的是心肌梗死。

风从背后吹来，掀起女人的素花小褂，女人觉到了一丝凉意。女人直起腰，瞅了眼满地的阳光。阳光确实有些弱了。女人来到地头上，把一篮子红通通的西红柿倒进筐子里。女人猛地听到刷啦刷啦的声音，她沿着声音看去，发现大儿子董强正在不远处摘西红柿。女人根本不知道董强是什么时候来的。董强手里提的是那个盛饭的饭筐，他低着头，腰一弯一弯，摘得很认真。

董强虽说个头不矮，但身材很瘦，他一点都不像他爹。董强是个听话的孩子，本来，他在城里当保安当得好好的，他爹这一死，他哭着闹着，就是不想再回去干了。有两次，女人的心差点软下来，心想，不去就不去了吧。但一空闲下来，一想丈夫的死，她心里就翻江倒海。丈夫是怎么死的？还不是累死的。董强毕竟还是个孩子，骨头还没长硬，咋能下地干这种活？不行，女人把牙使劲一咬，还得让他回去。这地里的活她一个人能担起来，她可以把菜卖给李家父子嘛。她知道孩子懂事了，孩子怕她一个人摆弄不了这二亩菜地，才哭着闹着要留下来。可女人始终没有松口，她明白她只要一松口，孩子的一辈子也可能就毁了。董强是个听话的孩子，她坚信这一点。

今天早晨，女人一觉醒来，窗外已经明晃晃的了。女人瞅了眼墙上的挂钟，已是六点半钟。对面的屋里一点动静都没有。女人心里一惊，哎呀，董强不是说赶七点钟的汽车吗？可别误了点。女人急忙下床，来到孩子们睡觉的屋子里，她一撩蚊帐，看到床上只剩下董生一个人了。董生还睡得很香。难道董强已经走了？不可能。女人看到了桌子上的油饼和咸鸡蛋。那是她专门给董强弄的。如果董强走，肯定会带上它们的。女人撩起蚊帐，在董生的大腿上拍了一巴掌。董生醒了，他懵懵懂懂地睁开眼睛。

"你哥呢？"女人问。

"不知道。"董生摇了摇头，又打了个哈欠。

女人几步跑到院子里，她想的一点不错。她看到靠墙的抽水机和塑料管子没有了。

女人气呼呼地朝菜地走去。打老远，女人就听到了抽水机的马达声。这时候，火红的太阳跃出了地面，霞光铺洒在玉米叶子上，玉米叶子散发出甜甜的香气。女人看到了儿子的身影，儿子的身影被霞光包围着，红色的背心像一团跳动着的火苗。

董强看到母亲急急地朝他走来，便直起身子，他喊了声："娘。"

女人说："谁让你来浇菜的？"

董强说："娘，我真的不想走了！"

女人说："不走也得走，这里没你的事。"

董强说："娘，你一个人不行。"

女人说："你走不走？"

董强说："我不走。"

董强一看女人气汹汹的样子，也猛地发起倔来。

女人说："你走不走？"

董强说："我就是不走。"

女人抄起铁锨，抡圆了，朝董强屁股上拍去。女人没想到，儿子的身子连动也没动。铁锨拍在儿子的屁股上，发出沉闷的响声。

董强说："拍吧拍吧，拍死我也不走。"

女人一下下的，使劲拍。每拍一下，就有泪滴从女人的眼里溅出来，如同火花似的在清晨的霞光中划过，闪着金色的光。女人累了，扔掉铁锨，蹲在地头上，大口地喘着粗气。

董强一下子跪下来，说："娘，求你了，你就别让我走了。"

"门儿也没有，"女人喘着气说，"让你走你就得走。"

董强又一下子从地上跳起来。董强哭了，朝她瞪着眼，泪水扑嗒扑嗒地落到地上，很委屈的样子。接着，一扭身，董强朝村里跑去。

女人问自己，是不是你的心太狠了？现在，一直让女人耿耿于怀的是，丈夫死后，自己并没有流下多少眼泪来，也没有表现出多么的痛苦，不知道为什么，她想的最多的却是她和丈夫在一起的欢乐。

现在，儿子又回到地里来，跟她一块儿摘西红柿了。这一次，她说什么也没有勇气再训斥儿子，更不用说打。她想，一个人一个命，随他去吧。于是，半个下午，她和儿子默默地摘着西红柿，却彼此没有说一句话。

太阳变得像一个黄脸的汉子，已是有气无力。十来筐西红柿已被整齐地排在路旁。这时候，一辆农用汽车从远处开来。女人热情地跟李家父子打着招呼。汽车停下来，女人和董强开始往车上搬西红柿。竹编筐子虽然不大，却也能盛四十斤西红柿吧。女人搬着西红柿来到汽车下面，她先是抬起一条腿，拿膝盖顶住车厢，把筐子担在大腿上，再吃力地后仰着身子，喉咙里发出吭哧吭哧的声音，就把筐子举了起来。女人身材单薄，风再次吹来，掀起她的褂子和头发，那褂子里显得空空荡荡，而头发在夕阳下闪着灰色的光。

董强站在母亲身后，有点看呆了。在夕阳下，他的两只眼睛里，泪花如同灯光似的，一跳一跳。

开车的老李从车厢里探出头来，说兄弟媳妇，这柿子可是五块钱一筐了。女人一下子愣在那里，过了片刻，女人伸手拢了拢额上的头发，说："不是说好六块五吗？"老李一脸无奈地说："又便宜了。"女人想了想说，"算了吧，我还是自己卖去吧。"说完，女人又开始从汽车上往下拽筐子。

"娘。"董强喊了一声。可女人没理他。女人的脸涨得通红，筐子在她手里，似乎也轻了许多。

农用汽车嘟嘟地跑远了。女人朝着车屁股嘟哝了一句，也太便宜了。然后，女人便一屁股坐在地头上，她好像累了。她把一根草茎含在嘴里，不停地嚼。

不知道什么时候，天上涌现出一团团的火烧云。它们形态各异，姿态万千。女人的目光突然就落在一块云彩上。女人立刻被它吸引住了，女人越看，那越像一匹奔腾着的马。它昂着头，披散着马鬃，前蹄腾空而起，后蹄扎实有力；尾巴长长的，向上撅起好高，它似乎还张着大大的嘴巴，在不停地嘶鸣着。更重要的是，它是红色的。不，是金色的。不，应该是火色的。对，它就是一匹火色马。

女人昂着脖子，惊讶地张着嘴巴。

"娘。"儿子喊了她一声。

过了半天，女人才扭过头来。

"娘，我听你的，明天我肯定走。"儿子盯着母亲张着的嘴巴，很认真地说，"真的。"

女人没有说话，她愣了一会儿，又猛地想起了什么似的，急忙仰起头。

那匹火色马呢？它跑到哪里去了？女人摆动着脑袋，瞅了半天。可是，她再也没有看到那匹火色马。

泪水溢满了女人的眼窝。女人扭过头，朝远处看去，在她模糊的视线中，出现了一个蹦蹦跳跳的人影。在她两团泪水淌下来的时候，她看清了那个人影。那是她的小儿子董生。

「乡村夜」

天总是黑得这么早，老油站在他家小卖部门口，一只手放在腰窝上，另一只手攥成拳头，捶打着胸脯，眼瞅着渐渐黑下去的天空，老油在不停地抱怨。一团团白气从他嘴里喷出来，停一下，便消失在暮色之中。

　　入冬以来，老油的买卖暗淡了许多。要是夏天的这个时间，太阳还会挂在西边半空中，正是孩子们放学玩耍的时候，他们要热了，便闯进他的小卖部来喝汽水买冰糕，那咕咚咕咚吧唧吧唧的声音，老油听起来特别悦耳。孩子们刚刚散去，男人们便晃悠着膀子走进来，把一捆捆啤酒提回家去。那是老油最幸福的时刻，他把落地风扇打到最大，朝着门口，让每个进门来买东西的人首先感到阵阵凉意，他则泡一壶热茶，坐在柜台下面的那把藤椅里，听着收音机里咿咿呀呀的京戏。老油不怕热，越热越舒服，热汗能带走体内的污浊之物，这时候他才觉得自己是一个干净的人。老油怕冷，因此他不喜欢冬天，老油不喜欢冬天的另一个理由，是小卖部营业额的下降。冬天里卖得最多的，无非是酱油食盐香烟一类的小玩意儿，赚不了几个钱，而且冬天天黑得早，就得早早地拉亮电灯，这电费，可是老油不小的一笔开销。

此时，老油站在他家的小卖部门口，盯着冷冷清清的大街，正在犹豫着是否进屋把电灯拉亮。

老油刚要转身，便听到不远处响起摩托车呜隆呜隆的声音。老油看到一个人从摩托车后座上跳下来，觉得那身影有点熟悉，但天完全黑透了，他一时分辨不清。老油抻着脖子，躬着腰，就像一个大虾米似的瞅着这个朝他走来的人。离得近了，老油才看清是他孙子天赐。

"你还不拉亮电灯，你不拉亮电灯人家谁来买东西。"他孙子天赐没好气地说。

老油没理他孙子天赐，他盯着不远处的黑影里还在呜隆呜隆响的摩托车。老油就知道那个骑摩托车的人是谁了，他肯定是白毛。这几天，老油坐在小卖部里，好几次看到他孙子天赐坐在白毛的摩托车后面穿过大街。

那白毛的头发长得像个女人，前几天，老油又发现那白毛的头发突然变成了红色，像枣红马的尾巴似的甩来甩去。老油还知道，那白毛的胳膊上刺着一条蛇，夏天里，白毛来小卖部买香烟，白毛一伸出那刺着蛇的胳膊，老油就觉得脊梁沟里冒凉气。老油对白毛没有好感，他从心里有一种畏惧。所以，老油看到他孙子天赐坐在白毛的摩托车上，就有一种天要塌了的感觉，似乎那庞大的摩托车轧的不是马路，而是他的身子。

老油愣着的时候，他孙子天赐把电灯拉亮了。

"你不能稀罕那几个电钱，这么黑了还不拉亮电灯，你怎么能把店搞得红火。"

天赐嘟囔着，走进了柜台里面，瞅也没瞅老油一眼。他满脸的冰冷，就像那外面的天气似的，他的头发虽比不上白毛的长，但还是遮住了一只眼睛，而他的另一只眼睛，跟探照灯似的，迅速地在货架上扫了一遍，然后，伸手抓起两盒红梅牌香烟。

在此之前，老油并没意识到他孙子天赐走进小卖部来干什么。老油的脑袋里，净是白毛的红头发和那条刺在胳膊上的蛇。他看到他孙子天赐把手伸进烟盒里的时候，他明白了他孙子天赐进来的目的。

瘦瘦的老油"噌"地跳了起来，如同跃出水面的河虾似的卷了卷身子，便一步跨进柜台里面，他一把抓住天赐的手。

"天赐，你不能整天跟白毛黏到一块儿。"

老油听到自己的声音低低的哑哑的，像一条鱼在水里吐出的一串气泡儿。

旁边火炉里，煤块"啪"地爆响了一下，跃出一团虚幻的火苗，倏地又消失了。老油闻到一股呛人的气味，那是从天赐嘴里吐出来的。

"你还喝酒，你才多大你就喝酒。"老油说。

"你松手，"天赐说，"我给你钱行不行？"

说着，天赐把粗壮的胳膊向后一拧，老油的身子便歪了，他一时没能站稳，一屁股坐在旁边靠墙的小床上。

天赐像玩杂耍似的，从兜里掏出十块钱，一巴掌拍在老油的柜台上。

"我又没说不给你钱。"

天赐有些厌嫌地朝着老油瞥了一眼，便扭头走出小卖部。

"我只是不想让你跟白毛黏在一块儿。"

　　玻璃木门"砰"的一声响，把老油的话挡回来。老油实在没有勇气把声音提得再高一点，他想到了那条盘在白毛胳膊上的蛇。

　　天赐坐在摩托车后座上，一只手抓着白毛的皮带，另一手把一盒烟塞进白毛的口袋。摩托车在乡间的土路上颠簸着，如同黑夜中大海里的一条小船。天赐的下巴不时地碰在白毛的肩头上，虽然隔着一层皮衣，但他还是能感觉到白毛硬邦邦的肌肉。白毛练拳击。他的屋子中间吊着一个大大的沙袋，没事的时候他就"砰砰"地击上一遍，有时候不解气，便把一副破拳击手套扔给天赐。他一脸冷漠，也不说话，只是朝天赐挥一挥手，便一耸耸地摆开架势。天赐最害怕这个时候，他知道自己又要挨白毛一顿老拳了。白毛的拳头特别硬，又狠又快，有时候砸在天赐下巴上，钻心地疼。天赐蹲在地上抹眼泪，他希望白毛能说两句客气话，那么拍一拍他的肩头，也算是一种安慰。可是白毛一看天赐掉眼泪，气就不打一处来，他走上前，一脚把天赐蹦倒在他家的水泥地上，用厚厚的皮靴踩住天赐的脸，骂一句孬种。天赐便闻到了白毛鞋底上的那股胶皮味儿。天赐打小喜欢胶皮味儿，他一闻到胶皮味儿就觉得浑身舒服了。

　　天赐坐在摩托车后座上，北风像小刀似的刮着他的脸，他觉得他的脸都变成了一张胶皮。天赐正胡思乱想着，摩托车突然熄了火。白毛说到了。白毛的声音总像是从缸里冒出来的一样，粗粗的硬硬的。天赐急忙跳下车，他看到了那高高的河堤在黑乎乎的夜色中青幽幽的轮廓。他和白毛在原地站了会儿，他们的眼睛和耳朵如同雷达似的支起来，冬夜静悄悄的，只有北风掠过树枝时才发出几声怪叫。白毛说一声走。天赐便躬起身子，撅起屁股，帮着白毛向河堤的方向推摩托车。不知道为什么，天赐一边推着摩托车，身子一边在不停地抖。是天冷呢，还是他自己紧张，他不知道。

　　他们来到河堤下面。白毛把摩托车支在一处隐蔽的地方，然后一猫腰，钻进一个沙土坑子里。天赐也随后钻进来。天赐一进来，就觉到了沙窝子里的温暖。这里的人们有挖沙土炒爆米花和让孩子睡沙包的习惯，所以河堤下面留下一处处猫耳洞似的沙窝子。他们一屁股坐下来。天赐忙掏出他身上的那盒红梅。他摸黑拆开，抠出一支递给白毛，然后自己又叼起一支。打火机亮一下，接着便灭了，剩下两个花生粒大小的火头。慢慢

地，天赐觉得自己暖和过来，身子也抖得不再那么
厉害。

"胆小你就别干了。"白毛说。白毛的话如同一块冰
塞进天赐的衣领里，天赐禁不住打了个冷战。

"你把我看扁了你。"天赐故意把气喘得很粗，但说
到话尾巴那儿，他还是听到自己的声音颤了一下。

"你爷爷说的话我不是没听到，他说得很对。他不
让你跟我黏在一块儿，他说得很对。"白毛说。

"他瞎咋呼，他一辈子活得窝窝囊囊的，还整天瞎
咋呼。"一提起老油，天赐便把话把儿端稳了。

"你爷爷这个老鳖，我真想揍他一顿。"白毛使劲儿
把烟头扔出洞口，烟头在空中画了条红红的弧线。

"还不如老鳖呢，他是个土鳖，他要不是我爷爷，
我也想揍他一顿。我拿盒烟他还要钱。"天赐也挥起胳
膊，把烟头扔向洞口。

时间过得很慢，天赐不停地抬起手腕来，瞅一眼他
那块夜光表。他们说好是十点行动的，可过了好半天，
时针刚走到九点三十分。沙窝子外面，只有北风呼呼地
叫着。

白毛说："你别老是看表，你怎么一点也沉不

住气。"

但天赐还是忍不住看表，他这是第一次跟白毛出来干点事情，未免有些紧张。从早晨到现在，天赐的心便像风筝似的一直在空中飘着。

白毛说："再也没有比这事儿更安全的了。你跟在我身后就行。"

天赐说："他们要是跟咱打呢？"

白毛说："我操，他们一碰到这事儿，就尿到裤子里了。他们还打。"

天赐想了想，又结结巴巴地说："不会出别的事吧。"

白毛突然愤怒了，他把脸忽一下凑上来，声音低低的，却像弹簧一样有劲儿："狗日的天赐，我跟你说过，胆小你就别干，要干就别娘娘们们的。"说着，白毛就在天赐的后脑勺上拍了一巴掌，把天赐拍得眼前蹦起一团金光，过了半天，才慢慢地落下去。

沙窝子里变得静悄悄的。西北风扫过河堤上的枯树，发出哨子似的声音，有时候像一个女人尖厉的哭声。天赐再也没敢看表，但他知道，他们行动的时间就要到了。

　　老油把他孙子天赐拍在柜台上的十块钱攥在手里，他翻过来倒过去瞅了半天，后来他抬起头，盯着外面黑洞洞的大街足足有十分钟。老油纳闷：天赐哪来的钱？老油看清了天赐把钱拍在柜台上的那一瞬间，天赐抡圆了胳膊，"啪"一声，巴掌落在柜台上，没有丝毫的犹豫，底气足得很，倒真像个有钱的人。可天赐刚刚退学不长时间，他什么都没干，他哪来的钱？他还喝酒！老油想到这里，额头上竟然冒出一层冷汗，他的脑瓜子里，又闪出红色的长头发和盘在胳膊上的青蛇，还有一张阴冷的脸。老油禁不住一哆嗦，他使劲儿拍一下大腿，霍地站起来。他在他的小卖部里来回转了几圈，然后拉灭屋里的电灯，锁上小卖部的门，来到街上。他要去问问天赐的父母，天赐的钱到底是从哪儿弄来了？

　　天黑透以后，北风变得大起来。老油把大黑棉袄往怀里紧了紧，便揣起手，缩起脖子，脚底下跟跟跄跄的，摸黑朝北面他儿子家走去。

　　老油有半年没到儿子家去了，不是他不关心，是他实在不愿意去，他那儿媳妇如同一只母老虎。老油不是怕她，老油是烦她。老油想到去年过年的时候，他儿子把他请到他们家里去，他儿媳做了一桌子好菜，他们轮换着，一盅盅地给老油添酒，当然，话也说得越来越明白。他们的意思是：你这个老东西，都快拽悠不动了，也不挪挪窝，把你那靠街房和小卖部让出来吧，天赐学习是地瓜蛋子一个，明年初中毕业，他考不上学他干什么去，他嫩得鸟毛还没长出几根来呢。可老油当时酒没喝多，脑子不糊涂，把话口扎得严严实实，死活不松口。老油的话口没松还有两个原因，一是他觉得我老油还没老，耳不聋，眼不花，牙也没松，咬麻花比年轻人还脆生，这小卖部他经营了十几年，有了感情，他实在想不出再能有什么东西来代替这小卖部，再就是他觉得儿子和儿媳未免过于心急，因为他老油只有这么一个儿子，也只有天赐这么一个孙子，他们实在没必要这么心急，等到有一天，他老油真的爬不动了，他不给他们他给谁？这些东西一根毫毛都不会少，都是儿子和孙子的。可他老油没想到，那天晚上，他还没走出他儿子家门口，他儿媳便把一口唾沫喷到他老油脸上。把他老油臊得，脸红得如同猴腚眼子，好几天都没退下去。所以他老油不愿意去他儿子那里。

"我老油不是那种犯贱的人，"老油手里攥着他孙子天赐拍在柜台上的那十块钱，说，"我老油也不是那种不要脸的人。"

等老油把一口痰啐到地上时，他发现他已经来到儿子家的大门口。老油侧耳听了听，屋里传出说笑声，那当然是电视机里的声音，既然电视机开着，那么人肯定都在家。老油担心他儿子不在家，要是光他儿媳一个人在家，老油不知道他该跟他儿媳妇说些什么。

老油打开门走进院子，故意抽了抽嗓子，然后使劲儿咳嗽几声，他在那棵光秃秃的枣树下面停了停。果然，他听到儿媳在屋子喊道："是谁呀，请进吧。"这里的人们有串门的习惯，要是有人来家里串门，那是一件让人高兴的事，所以他儿媳就发出这种酸酸的声音，老油的脸禁不住又热起来，他似乎又闻到了儿媳那唾沫的腥臭味。老油下意识地抹一把脸，硬着头皮走进屋。

屋子中间，儿子正坐在那里编草筐，脚下放着用水浸泡过的紫穗槐枝条。儿子一看是老油，便把编了一半的草筐放到地上，忙站起来说："爹，你来了，你快坐。"

老油看也没看儿子一眼，虽然 15 瓦的灯泡有些暗淡，但老油还是看清了坐在床上织网的儿媳那凝固在脸上的笑，以及瞬间之内那绷起的面孔。儿媳没有站起来跟他打招呼，这让老油有点伤心，但片刻过后，老油便释然了。老油想他是为孙子而来，即使他这张老脸不要了，只要孙子好，他就高兴。

老油坐在床对面的木凳上，儿子递过烟来，他挥了挥手，他从自己口袋里摸出一支雪茄，在儿子伸过来的火苗上碰一下。

"天赐呢，天赐没在家？"老油问道。

"啊……没在家，天赐没在家。"儿子支吾着，像一个结巴，那口气，似乎天赐没在家跟他一点关系没有。

老油一听，火便烧到眉头上，他觉得这几十年过去了，儿子还跟没长大似的，你问他什么，他还是那么一副吊儿郎当的样子，他还是那么结结巴巴。要是几十年前，老油肯定一鞋底子便拍过去了。

老油说："那么天赐现在每天干什么，他是不是有活干了？"

没等儿子回答，坐在床上的儿媳嘴里发出"嗞"一声响，"天赐能干什么，整天玩呗。"儿媳说这话时，连头都没抬。

"那玩也该跟好人在一块儿，"老油被儿媳阴阳怪气的腔调激怒了，"你们知不知道，他整天坐在白毛的摩托车后面，像个二流子似的在村子里溜过来溜过去，你们可知道那白毛是什么货色？"

老油说着，脑瓜子禁不住又出现了盘在白毛胳膊上的那条蛇。

可让老油没想到的是，儿媳低着头，肩头耸了一下，从鼻子里挤出一团浊气，说："真是少见多怪，人家留头发，那叫时髦。"声音低低的，像是自言自语。

老油一时愣在那里，他实在想不明白，儿媳对他的敌对情绪从何处而来。如果再在儿子家待下去，那不是傻瓜就是半青。想到这里，老油"腾"地站起来，他抡起胳膊，一巴掌把天赐买烟的十块钱拍在桌子上，说道："这是天赐买烟的十块钱，他就是这样把它拍到我柜台上的，我不知道他哪来的钱，他还喝得酒气熏天。"

说完，老油几步便跨出儿子家的门，他朝着冰冷的空气中吐了口唾沫，说："我老油不稀罕这十块钱。"

天赐跟白毛趴在草窝里，北风像尖刀似的刺透他的毛衣。天赐觉得自己如同一只刺猬似的把身子缩成一团，但还是冷得浑身发抖。他一只手里攥着手电，另一只手里提着一根枣木棍子，瞅了眼身边的白毛，他发现白毛像一只猫头鹰，两只眼睛一动不动地盯在河堤公路上。他知道白毛的怀里掖着一把刀子。

此时，天赐心里有一种感觉，很难说出来，就像谁拿刀子在他的心上旋下一块肉去但不疼不痒，又像是谁用麻绳拴住他的五脏六腑，提猪下货一般提在手里……

这时候，公路上突然传来声音，是隐约的车铃声。白毛立刻竖直耳朵，他像一只猫似的绷紧身子。天赐猛地产生了极其强烈的尿意，可是他不敢动。此时，公路上传来说话声，白毛的身子便软了下来。他知道过来的肯定不是一个人，白毛说过，不是一个人绝对不能截。

天赐的身子也缩了回去，但尿意却无法消退。两个过路人已经过去了，天赐拍拍白毛的肩头，他朝下指了指。白毛有些不耐烦地挥挥手，他的意思是快去快回。天赐沿着河堤向下走几步，然后停下，他解了半天裤子，才算解开，可那小玩意儿掏了半天却没有掏出来，它几乎缩到身子里面去了，天赐只好蹲下，像女人似的。

北风犁过他屁股上的肉，一股碱土的气味从远处刮来，灌了天赐一肚子。天赐的心情糟糕透了，他觉得浑身不自在，他真想跑回家去，钻进被窝里暖和暖和。他想到他一天都没有回家了，不知道那一百块钱母亲发现了没有。

今天早晨，他偷了母亲一百块钱，在镇上的饭店里请白毛吃了一顿，白毛才答应带他出来的，他想等他弄到更多的钱，再把母亲那一百块钱偷偷放回去，这样神不知鬼不觉的，谁也不会知道。

白毛说过，他干一次从来都不会少于一千块钱的。白毛说这话时，口气冷冷的，不像是吹牛皮。不过白毛架子很大，他根本不把天赐这样的小雏放在眼里。要不是天赐拼命地巴结白毛，陪他练拳，请他吃饭，白毛是不会带他来的。

天赐站在黑夜中的河堤上，使劲儿咬了咬牙，他想他无论如何也要把那一百块钱弄回来，要不让母亲发现了……天赐不敢再想下去，他不是害怕母亲，他是害怕母亲知道他偷了她一百块钱。

天赐来到白毛身边，还没等趴下，身上便挨了白毛一脚。白毛的厚跟皮鞋正踹在天赐胸口上。天赐在枯草上滚了两下，趴在那里半天没动。有那么几秒钟，他只能出气不能进气，他想他是不是让白毛给踹死了，待他能够喘气了，他觉得他的胸口一下一下的，像针刺进肉里那么疼。

白毛朝他低声骂道："狗日的，你是尿银子啊还是拉金子，早知道你是这么个鸟人，喊爷爷也不让你来。刚他妈过去一个，要不是等你我早就冲上去了。"

北风似乎更大了些，过了一会儿，天赐揉揉胸口，又悄悄地来到白毛身边，趴下来，他提起手电筒，攥住枣木棍子。泪水不自觉地滑进他嘴里，咸咸的。

"又来了。"白毛低声说道。

果然，一线清冷的手电光晃晃悠悠地从远处射过来。一个骑自行车的人越来越近。

"准备。"

说完，白毛"噌"一下子蹿出去，他几步便跑到那个骑车人面前，一把拽住了那人的自行车，"站住。"

自行车一下子便歪倒在地，那人一头栽下来，"呀"地叫一声，接着便喊起了爷爷。他跪在那里，一个劲儿磕头，"爷爷，饶了我吧，饶了我吧。"

天赐也跟着跑上来，按照白毛吩咐，他打开了手电筒，把光射在那人脸上。他看到那人脸色青紫，嘴唇在不停地哆嗦着。

"甭咋呼。"白毛说。

这时候，白毛开始翻那人的口袋，翻了半天，只从身上翻出了十块钱。白毛一脚把那人踹倒在地，说："娘的，就这点儿？"

那人抱着头，说："俺大爹死了，这不，俺去给叔伯姐家送信去了。"

白毛一听，蔫了。他嘴里骂骂咧咧，接着，又在那人身上连踹两脚。他朝天赐挥挥手，然后他们便跑下了河堤。

"抽根烟。"白毛说。

天赐忙把烟递过去，又给白毛点上。他们又重新钻进那个沙窝里。

"娘的，丧气，"白毛骂道，"碰上个送信的，不吉利。天赐，今天咱们不干了。"

天赐一听，忙点头。可接着，他又想到了他偷的母亲那一百块钱。可此时，他什么都不敢说。

白毛突然问："现在几点？"

天赐瞅了瞅他那块夜光表，说： "还不到十一点呢？"

白毛一听，说： "好，天赐，咱们不能就这么散活呢，我倒有一个主意。"

老油坐在柜台后面，两眼无神地盯着门口，外面好像起风了，门板和玻璃不时地发出一些声音。老油缩在昏黄的电灯底下，两只胳膊撑着柜台，头无力地耷拉着，眼皮也合在了一块儿。就这样过了半天，墙上的钟声使老油醒来，老油伸手摸一把稀疏的头发，禁不住愣了一下，他叹息一声，说道："难道老油真的老了？"老油猛地有了喝两口的想法。老油站起来，头顶离灯泡近了，几根竖起来的白发显得愈发清晰。老油从货架上抓起一瓶"乌河"，一种最便宜的卖得却最好的酒。酒瓶一打开，香味儿立刻从里面冒出来，老油把鼻子尖凑上去，使劲儿抽了两下，老油觉得今天这酒味儿不错。

老油啜一口酒，抓一粒花生豆扔进嘴里，咯嘣咯嘣嚼得脆响。但老油此时的心情，却远没有嚼花生豆这么好。这个时候，他早已不生儿媳的气了。儿媳小人小见识，他老油犯不着跟她这样的人生气。现在，老油满脑子晃过来晃过去的只有两张面孔，一个阴冷，充满着邪气；一个稚气，什么事儿都还不懂。这当然是白毛和他孙子天赐，如果他没猜错，他孙子天赐肯定正跟白毛混在一块儿。这么晚了，这么黑的夜，他们在一块儿干什么？他们能在一块儿干什么？老油禁不住想到了镇上那花花绿绿的饭店和洗头房。老油去镇上提货的时候，经常看到喝得脸红脖子粗的年轻人在那里进进出出的。老油知道那里面干些什么。老油不傻，老油明白。

"我知道，我全都知道……"老油说着，一扬脖，盅里就干了。

可这酒并没有让老油的心放松下来，并且，它让老油变得烦躁不安。老油一个人坐在昏黄的电灯底下，四周的货架上好像罩住了一团热气，老油长吁短叹摇头晃脑，渐渐的，那热气便把老油也裹在里面。不知道为什么，老油有一种强烈的预感，他觉得他孙子天赐肯定跟着白毛学坏了。

"不行，我得想想……"老油拍了拍脑袋，他看到炉火突然向上蹿了一下。

就在此时，门突然被推开了，村南的高台阶从外面走进来，他哈着气，跺着脚，一看老油，便笑了，说："我寻思你跟谁说得这么热闹，闹半天就你一个人。"

老油忙站起来，隔着柜台，他把头伸出去，有点儿神秘兮兮地说："台阶，你说，你说我老油老了没有？"

高台阶说："叔，你是让我夸你两句呀，还是让我说实话。"

老油说："那还用问，说实话，说实话。"

高台阶说："叔，先给我拿盒烟吧。"

老油从货架上取下烟，把高台阶递过来的五十块钱捏在手中，先是使劲甩两下，接着，又展开，朝着电灯照了照。

老油说："没办法，没办法，现在这假钱太多。"

说着，老油便打开他那放钱的小木盒，开始给高台阶换钱。

高台阶在外面喊："叔，先等等，先等等，你把那钱给我。"

老油直起腰，他满脸疑惑地又把钱递给高台阶。

高台阶笑了，说："叔，这钱是假的，你看。"

高台阶把钱朝向电灯，他指给老油看。老油伸着脖子，像一只鹅，看着看着，他觉得自己的腰和腿便软下去了。他一屁股坐在床上，过了半天，他才发觉高台阶已不在跟前。老油坐下来，转过身子，用双手搬起那个放钱的小木盒。小木盒沉甸甸的。老油小心翼翼地把它放在腿上，他伸出粗糙的手指，轻轻地抚摸着那光滑的盒面。在灯光下，紫红色的小木盒发出温暖的光泽。这么多年了，老油从没让别人碰过它。睡觉的时候，老油把它放在枕头旁边，有时候一觉醒来，老油发现它竟然偎在自己怀里。想着想着，老油的眼窝禁不住潮湿起来。但最后，老油还是决定，明天他一定要找到他孙子天赐，他要跟天赐好好地谈一谈。

摩托车朝村子的方向驶来。这时候，夜已经深了，村子里连灯光都没有了，摩托车在空旷的平原上行驶着，声音传出很远，引来零星的狗叫声。

天赐觉得很冷，他觉得身上跟什么都没穿似的，他双手拽着白毛的衣服，眼睛盯着白毛头上那圆圆的头盔，在夜色中，那头盔冰冷硕大，跟一个魔鬼的脑袋似的。刚才，白毛把他的想法说给天赐说了以后，天赐这颗心就变成了一个足球，这个踢一脚，那个踹一下，天赐从来没感到像现在这么难受。

白毛家住在村东，摩托车停在他家的院子里，天赐从车上下来，跺了半天脚，腿才有了感觉。白毛放好摩托车，朝他走来。天赐心里突地便紧张起来。他朝着那个高大的黑影，怯怯地说："我还是回家睡觉吧。"

那黑影突然一步跨到天赐面前，还没等天赐回过味来，那冻透了的耳朵便被人攥在手里。天赐觉得一阵钻心的疼痛，他像一个大老鼠似的，"吱吱"叫了两声。

"我去，我去。"

天赐两手捂着耳朵。一阵北风吹过，天赐觉得眼窝里变得生疼。

"他是我爷爷。"天赐还是嘟哝了一句，有点儿委屈。

"你爷爷他老疙瘩头一个，他有钱他干什么。"

"可他是我爷爷。"

"我说过，不会伤你爷爷的，咱只是借他两个钱花。"

"可他是我爷爷。"

"你到底去不去？"

天赐看到白毛攥起拳头，那眼珠子在黑夜中也随机亮了一下。天赐害怕白毛再打他。天赐说："我去，我去还不行。"

天赐想到了那一百块钱。他想他拿了母亲一百块钱，他想这事儿不能算完呀，钱已经花光了，他想他怎么才能弄来一百块钱而不让母亲发现他拿过她一百块钱呢。天赐想不出来。天赐说："看来也只好这样了。"

"你说什么？"白毛问。

"咱们走吧。"天赐说。

对于天赐来说，这条路再熟悉不过。先爬上那棵榆树，沿着邻居家的院墙走两步，便是爷爷家的偏房，从偏房下到茅房上，再轻轻一跃，便来到院子里。小卖部是爷爷家的南屋，后边的门爷爷肯定是插死的，但这是挡不住天赐的，只要掏出小刀，轻轻拨两下门闩，那门便开了。

乡村的深夜，沉浸在巨大的寂静之中，只有北风会不时地掠过干枯的树枝，发出几声低吼，天太黑了，你根本没法发现那两个活动在黑夜中的人影。

当天赐一迈进那熟悉的屋子，他便感到了温暖。他看到炉火在屋子周围映出一个火红的圈儿，上面的铝壶发出咝咝的声音，白铁皮的烟筒竖在屋子中间，像一根银柱似的闪着光泽。他听到爷爷沉重的呼噜声，他正犹豫着，白毛在后面推了他一把。天赐在黑暗摆了摆手，他朝白毛指一指爷爷的头旁边的那个木盒，白毛便明白了天赐的意思。天赐不想亲手去偷爷爷的小木盒，因为他知道那是爷爷最心爱的东西，爷爷从来不让别人碰它，包括他天赐，爷爷睡觉的时候，也总是把它放在头前。

白毛提着脚，弯着腿，两只胳膊向外伸着，他一步一步向老油的小床走去。白毛走到炉子跟前的时候，老油的呼噜猛地停下来，白毛立刻站在那里。老油嘴里像是有一口痰似的，咕噜了两下，发出一串含糊的声音，不一会儿，呼噜又开始响起来。白毛又开始向前靠近，他走到老油身边，站在那里，深吸了一口气，慢慢地弯下腰去。他抓住了小木盒，他的身子在慢慢地伸直，可就在他快要伸直的那一刻，小木盒里突然轻轻地响了一下，应该说很轻微，但老油却如同诈尸一般忽一下立起来半截身子。也许他连眼也没睁开就喊了一声："谁？"

白毛愣了。但白毛毕竟是白毛，他只愣了一秒钟，小木盒便砸在老油头发稀疏的脑门上，"砰"，沉闷地响了一声，老油的身子晃悠一下，便软下去了。

天赐呆愣的时间要长一些，面前的情景如同在梦中看电影似的，他在黑暗中瞪大了双眼，他盯着又重新躺在了被窝里的爷爷，看上去，爷爷像是又睡着了，但爷爷的枕头旁边，却少了那个他熟悉的紫红色的小木盒。

白毛已经把小木盒抱在怀里，他推了一把天赐，说：快。天赐这才回过神来，他看到白毛已经绕过柜台，一只胳膊夹着小木盒，另一只手正在开朝着大街的门。因为黑，白毛的头几乎贴到门上，他忙忙活活的样子显得很紧张。

天赐的胸口突然疼了几下，他想，只要白毛把这个门打开，这个小木盒就不再是爷爷的了。他想，要是爷爷丢失了这个小木盒，那他心里得多么难受。

天赐想着，随手便抓起柜台上的一个酒瓶，眨眼的工夫，天赐已站在白毛身后，他双手举起酒瓶，运足力气，使劲儿砸了下去。"砰"一声闷响。他看到白毛的身子就像蛇一样扭了几下，便软在地上。

天赐从白毛的怀里抱起那个小木盒，他用手轻轻地摸了摸，光滑、冰凉。天赐拐过柜台，把小木盒又重新放回到爷爷的枕头旁。

他坐在火炉边，悬了一天的心终于踏实下来。

「锅 巴」

大春睡得正实，突然鼻孔痒痒，皱皱鼻子，想打喷嚏没打出来，很不情愿地瞭开眼皮，看到媳妇小白正笑眯眯瞅着他。小白的脸先是有些模糊，很快变得清晰，大春这才看到小白的手指间捏着一根金黄色的鸡毛。大春咧嘴笑了，原来是小白在捉弄他。小白笑眯眯的模样真好看。大春真想一翻身再把小白摁在床上，可小白早已穿戴整齐，再说，窗户纸也已经透亮了。小白啥时候起的床，他不知道。夜里他用的力气过多，直到现在，骨肉还乏。

　　"张开嘴。"小白一龇牙，露出来一颗小虎牙。大春摇摇头，反而把嘴巴闭得更紧，他盯着小白手里的鸡毛，心想，才不上你的当呢。小白一看大春不张嘴，便把自己的嘴巴凑上来。这一下，大春不得不张嘴了。他刚张开嘴，一个圆圆的白白的东西就塞进来，软软的温温的，竟然是一个鸡蛋。鸡蛋的表面还带着一股雪花膏的味道。

大春叼着鸡蛋坐起来，他舍不得一口吞下去，而是一小口一小口慢慢吃。鸡蛋真香，他知道小白这是犒劳他，给他补身子。他把剩下的一口举到小白面前，说："你也吃一口。"小白嘴一撇，说："俺才不吃你剩的呢。"说完扭身走出去。大春"喊"了一声，把剩下的鸡蛋放进嘴里，边嚼着边从床上爬起来穿衣服。

这时候，屋外传来小白拉风箱的声音。小白在烧火做饭，跟父亲和哥嫂在一块儿住时，小白可没这么勤快过，每天早晨，总是赖在屋里不愿意出去。分家单独过就是好，大春心里想，小白变勤快了不说，也比一大家人在一起住时活泼多了，就说夜里吧，他们把事情做得地动山摇，小白发出的声音也跟唱歌一般好听，唱就唱吧，无所顾忌啊，跟父亲和哥嫂在一块住时，想唱还不敢呢。大春想着，心里恣恣的。母亲去世得早，这个家，父亲不好当，春上他娶了媳妇后，父亲就有分家过的意思，好不容易过了半年，收罢秋，这才把家分开。

现在唯一的不好，就是房子旧一些，前几天分家，他跟哥哥抓阄，抓到了爷爷曾经住的这三间老房子。旧不怕，他有的是力气，过两年有了儿子，再翻盖新房，不管咋说，还是独门独院好，两个人多自在。哥哥倒是抓到了新房，可得跟父亲一块儿住啊……大春刚这么一想，砰、砰，就来了两个大喷嚏，他愣怔一下，猛地一巴掌扇到自己脸上，真是娶了媳妇忘了娘。

"大春，吃饭了。"小白脆生生地在外面喊。

大春揉着眼走出来，一看饭桌，禁不住愣了一下：两大碗雪白的面条。他皱着眉头说："媳妇，咱刚分家，这日子，咱、咱不过了？又是鸡蛋又是面的。"

"你呀你呀，"小白笑着说，"你也不打听打听，谁家不是这样吃，村里马上就成立大食堂了，人家说，粮食啥的，统统交到大队里去。哼，傻瓜才不吃呢。"

大春摸一把头发，无话可说了，小白说得不错，公社里的工作组都来了，在李家磨坊墙上，刷上了两排大字，叫"生活集体化，食堂如我家"，看来成立食堂这事儿是假不了了。大春坐下来，呼噜呼噜地喝面汤。不知道为啥，他心里还是有些怪怪的，要是一下子进入共产主义社会，整天吃鸡蛋喝面汤的，他还真是不适应。当然，这话他不会跟别人讲的，包括小白。大春可是大队里的积极分子。他二十岁刚出头，有的是力气，又学过几年文化，一直想加入民兵连，扛着钢枪，打个靶啥的，多威风，可他没啥资历，没在硝烟战火中洗礼过，没杀过日本鬼子，没打过国民党，可这也怨不得他呀，那时候他年龄小啊，他最大的壮举就是前年出河工，跟别人打赌，一顿饭吃掉了十八个韭菜馅的大包子。他经常做打仗的梦，梦到自己杀掉一个排的日本鬼子，变成了一个英雄。变成英雄就可以加入民兵连了。

大春吃罢饭，抹着嘴巴穿过院子，一出家门，一股臭气扑面而来，顶得他鼻子痒痒，又是一个大喷嚏。他盯着家门口这个圆圆的粪坑，胸腔里立刻被挤得满满当当，刚才的好心情一下子没有了。粪坑是邻居九三家的，论辈分该喊他九三叔，可这家伙一点儿没有长辈的样子。前几天，大春收拾房子的时候，为家门口这个粪坑，专门找过九三。大春低头哈腰地说："九三叔，我这就搬过来住了，以后咱是邻居了，你看门口这个粪坑，咱是不是挪一挪？出门就是粪坑，有味呀。"九三一斜眼珠子，说："多少年了，这个粪坑一直在这里，你爷爷活着的时候，啥话都没说过，你还没搬过来就嫌味了。再说，根本就没有味，你婶子是个干净人，天天撒一簸箕灰。"九三这么说的时候，一旁的九三婶子还不住地点头。九三婶子长得是挺精神的，平时穿着也算干净，可人干净难道粪坑也跟着干净吗？

大春一想这事，气得肺疼，天天臭屎烂尿往里倒，还说没有味。他咳一口痰，使劲朝九三家门口吐过去。"嘿嘿"两声干笑传来，把大春吓得一哆嗦。大春一看，原来是九三他爹老六爷蜷窝着身子坐在门口，老六爷的脸笑得跟一朵枯萎的花似的，他朝着大春说："光吃好的，新社会好啊，光吃好的。"大春点点头，快步走过去，心想，老六爷这是老糊涂了。

大春穿过胡同，拐到街上，正好从大队部那边传来钟声。钟声响，肯定是大队里有事。只有大队部门口的槐树上有口大铁钟。如今，村里分成四个生产小队，要天天召集社员集体出工，但小队里没有大铁钟，四个小队长却各有自己的看家本领，后来还被编成了顺口溜，一帮孩子没事的时候就喊：一队牛角二队号，三队梆子四队哨。大春是二队社员，洪斌叔是小队长，他不知道从哪弄来一把小号，每天站在槐树下，一手掐腰，一手举着小号，嘀嘀嗒嗒地吹个不停，既威风又好听，二队社员们也觉得脸上有光。你再看一队队长，整天鼓着腮帮子吹牛角，跟个土匪似的；三队队长本来就是卖豆腐的，所以整天梆梆地敲梆子；四队队长啥都不会，他倒是聪明，跑到学校里，向校长讨一个白铁皮的哨子，吹起来也吱呜吱呜地响。

但最威风的，还得是大队长老兵叔。老兵叔最重要的标志是他脚下的那双黑皮鞋，老兵叔是村里唯一一个穿皮鞋的人。尽管他一条腿瘸，但皮鞋落地的声音却清脆有力：咣——嗒——咣——嗒——不论是大人还是小孩，一听到这声音，喘气都不敢使劲喘。老兵叔可是上过战场的，这条瘸腿就是让国民党的子弹打坏的。据说他脚上穿的皮鞋，就是从国民党军官的脚上扒下来的，老兵叔穿了十年，竟然还幽幽地泛着光。老兵叔是真英雄，所以，大春一见到老兵叔，两个腿肚子便发软，脖子也不自觉地缩进去一截，这是从小时候养成的习惯，不好改了。

敲钟的正是老兵叔。

人们陆陆续续地集中过来，大队会计和民兵连长搬出来一张桌子，又搬出来两把椅子放在桌子后面。场院里的人越来越多，坐着的、站着的、蹲着的，开玩笑的、骂娘的，上年纪的人们抽着老烟袋，有两个十几岁的小伙子突然支起黄瓜架，跟斗鸡似的摔起跤来，另外几个年轻的跟着起哄，几个没到上学年龄的孩子在人群里钻来钻去，不时地发出鸭子叫般的笑声……大春毕竟是结了婚的人，又刚分了家，有了当家人的味道，就稳重多了。还有，从一大早吃了鸡蛋喝了面汤以后，他这心里便开始变得不踏实。

是不是真的都要把粮食交到大队里来呢？他想到家里，自己刚从父母那里分到的两口袋玉米、两口袋地瓜干、一口袋麦子、半口袋黄豆和十斤芝麻，要是真的把这些粮食都交出来……他不敢再往下想，感到心窝口疼。他看到小队长洪斌叔走过来，凑上前装作若无其事地问："洪斌叔，今天啥事啊这么热闹？"洪斌叔说："听说是公社里来领导了。"

这时候，老兵叔陪着一个干部模样的人从屋里走出来。老兵叔使劲拍拍桌子，喊道："大伙都别闹了，有重要事情，公社李副书记亲自来我们大队抓，下面请李书记讲话。"李书记年龄不大，皮肤白白的，但官架子还是挺足的，他咳两下嗓子，说道："各位社员，同志们，今天来到雾庄大队，就是积极响应党中央毛主席的号召，成立集体公共食堂，吃大锅饭……"话刚出口，下面立刻像开了锅似的，尽管大家能猜出个十有八九，但话从李书记嘴里一说出来，冲击力还是非常大，人们嘴里的话是不自觉地冒出来的。有噘嘴的，也有嘴咧得如同一朵花似的，雇农马四就跟驴放屁一样，连说几个好。老兵叔一巴掌拍在桌子上，说：“都静一静，听李书记讲话！”

此时，大春满脑子里都是他家那几口袋粮食，他跟马四不一样。马四又懒又馋，家里孩子又多，老婆的脑子还不太灵透，平时饭都做不熟，他肯定愿意吃大食堂。而大春呢，家里粮食多不说，老婆又勤快又聪明，小日子才刚刚开始。大春有点儿舍不得。李书记后来又说了很多，什么三面红旗，人民公社，大跃进，跑步进入共产主义等，大春的身边不时地爆发出一些掌声，但大春都没听进耳朵里。

李书记讲完后，老兵叔接着说：“社员同志们，李书记讲的都听明白没有？共产主义是天堂。天堂，知道不？周围的几个大队都开始行动了，我们雾庄大队一定要树立革命人生观，提高阶级觉悟，绝不能落后，这样咱们回家马上行动，今明两天，每家每户必须把所有的粮食都交到大队的粮库里。谁家敢弄虚作假，私藏粮食，一旦查出来，没你好果子吃！"

老兵叔说完，看看李副书记，想散会。李副书记说，找两个社员发发言嘛。老兵说对，发发言，大家积极发言。老兵叔看到了撸胳膊挽袖子的马四，说："马四，你根正苗红，你说说。"马四一听让他发言，脸憋得跟大公鸡的鸡冠子似的，通红，半天没说出话来。旁边有人跟着起哄。马四突然举起拳头，喊道："共产主义好！成立大食堂好！天天吃白面馍馍，顿顿有鸡鸭鱼肉，好！俺这就回家去，把所有的粮食都上交给大队集体。"李副书记满意地点点头。

老兵叔又瞅了一圈儿，一眼看到了大春，说："大春，你是积极分子，你说说。"大春一愣，他没想到老兵叔会让他发言，一着急，汗水像成千上万条小虫子一样钻出来。他脑瓜子一片空白，但他必须得说。于是他说："俺刚分了家，分了多少粮食，俺爹、俺哥俺嫂都知道，俺都上交集体，一粒粮食都不留，行吧？"人群一阵大笑，有人喊："大春，把你的俊媳妇也交出来行吧。"大春梗着脖子说："放你娘个屁。"

老兵叔也笑了。

大春回到家，身子轻飘飘的，跟虚脱了一般，他不明白老兵叔为啥让他发言，守着全村的人，真丢面子。他进来门，看到小白正在灶间烧火。

"你插好门没有？"小白问。

"大白天的，插门干啥？"

"快，快去插门。"

"你忙活啥呢？还没到晌午就做饭。"

"让你插你就插，这么多废话。"

大春只好又穿过院子，把院子门插上。等他回到屋内，小白说："快，你烧火，我赶快蒸两锅饽饽，你也不瞅瞅看看，谁家的烟囱不冒烟。你可好，开完会不知道回家，要不是我去九三婶子家借东西，我还不知道蒸两锅白面饽饽，平时舍不得吃，马上粮食都上交了，解解馋也好。"

"大队里不允许这个样，让人家发现了要挨批斗的，本来俺是回家来弄粮食的上交的，你看你……"大春急赤白脸地说。

"看啥？你个榆木脑袋，就你积极，你看人家九三婶子家，上顿包子下顿饺子的，都吃了好几天，人家还打了锅巴炒了爆米花，藏起来慢慢吃呢。那锅巴放点儿糖精，撒点儿芝麻，又薄又脆又甜，放一年都不坏。九三婶子还专门告诉我，那爆米花放进暖水瓶里，把瓶塞塞紧，放三个月都是脆的。"小白边蒸着馇馇边唠叨。

"以后少跟九三家打交道，他家是中农，说不上哪天就倒霉，咱不能跟他一样。听我说，蒸好这锅馇馇就算了。刚才，我都在大会上表了态……"

"就你实在，就你积极，"小白一撇嘴，说，"看把你吓得，我告诉你吧，人家还有把粮食藏起来的呢。"小白的这句话，把大春惊得张了半天大嘴，"谁家？谁家敢把粮食起来？"他问。"谁家不知道，反正九三婶子这么说。"小白说。大春心想，这个九三家简直是翻天了，这事儿，咱可不能干。

蒸好这锅馇馇，小白还想和一盆面糊，打一锅锅巴，说我从小就喜欢吃锅巴，平时不舍得吃，咱打一锅，留着磨磨牙。大春坚决不同意，说你有完没完，老兵叔待我不薄，我还想当个民兵啥的，再说，全国上下都在跑步进入共产主义，咱不能拽这个后腿吧。大春说完，又跟了一句，"你是不是长馋病？"说女人长馋病，一个意思是笑话这个女人嘴馋，还有一个意思是说这个女人怀孕了。小白听大春这么一说，眼圈儿立马就红了，一扭身，钻进屋去。

大春脖子一梗，心想，女人就是头发长见识短，不知道轻重。他揣着手，又来到街上，远远地看到洪斌叔推着小推车，上面驮着五六口袋粮食，歪扭着身子，朝粮库方向推去。大春的脖子也跟着押向粮库。

"狗日的，瞅啥？还不回家推粮食去。"大春被吓了一跳，忙回头，一看是民兵连长，也是推着几口袋粮食，看见大春，把小推车停下来，累得呼哧呼哧直喘。大春忙跳上前去，说："来来来，连长，我帮你推。"说完，一撅腚便把车子推起来。

"大春，你把粮食缴上了？"民兵连长问。

"没呢，俺家没小推车，俺正想出来借辆小推车呢，这不，正好碰到你。"大春咧咧嘴。

"好，放下我的粮食，小推车你用就是了，"民兵连长说，"反正早交晚交都得交，早交早清心，我还真盼着吃大食堂，跟公家人似的，排着队打饭，然后大伙凑在一块儿吃，吃得香啊。"

大春不住地点头，随声迎合着，粮库就到了。说是粮库，实际上就是大队部旁边两大间通着的大房子，撒了层石灰，铺了层砖，就叫了粮库。大队长老兵叔和一个公社干部站在门口，跟两座门神一样，盯着送粮食来的人，目光如炬。大队会计往账本上记着什么。大春把一口袋麦子放在大秤上时，民兵连长在后面喊："粮食不是大春的，是我的，别记错了。"大春不好意思地朝老兵叔笑笑说："俺家没小推车，我等着借连长的小推车。"

卸下民兵连长的粮食，大春推起小车正准备走，被老兵叔喊住了。

"大春，你过来一下。"老兵叔朝他挥了挥手。

大春屁颠屁颠地跑过去。

"大春，你媳妇长得倒是挺俊巴挺干净的，干活咋样？"

"好着呢，啥都会。"大春摸着头发，一副憨实的样子。

"做饭呢？"老兵叔一脸严肃地问。

"好着呢，蒸馍馍包包子擀面条烙大饼，样样都行。还会打锅巴呢，打的锅巴又薄又脆又、又……"

大春突然不说了，他猛地想到，老兵叔不会是知道了小白在家偷着做好吃的吧？他觉得身上的汗水又像小虫子似的往外钻了。

老兵叔点点头，说："回去你跟她说，要做好思想准备，大队公共食堂需要几个成分好、牌面好，又年轻又干净的妇女来做炊事员。人是铁、饭是钢，炊事员的工作非常重要。我觉得你媳妇合适。大春，这可是一件光荣的事情啊。这样吧，时间紧，明天吃了早饭，就让她直接到李家磨坊的大食堂去报到。司务长已经选好了，是刘三麻子，解放前，人家在济南府的饭店里可是掌过勺的。"

大春把头点得如同鸡啄米。

老兵叔又接着说："大春，你是积极分子，你也有任务，明天过了晌午，你跟民兵连的几个小伙子一块儿，跟着民兵连长，挨家挨户，把所有的锅灶都拔了，那些大铁锅舀子勺子的，统统收上来，咱们大队也要建小高炉，炼钢炼铁，支援国家建设。"

大春看着老兵叔坚定的目光，激动得差点淌下泪来。老兵叔这是瞧得起我大春啊！大春盯着大队部门前飘扬的红旗，心里突然涌动起一股激情。

大春回到家，把小推车往院子里一放，蹦着高钻进屋去，嘴里还媳妇媳妇地喊着。等他来到里屋，看到小白躺在床上，身上蒙着被子，便说："媳妇，快起来，有好事呢。"

小白一动不动。

大春坐在床沿上，把身子横下来，轻轻拍着被子说："你咋脸皮这么薄，俺也没说你啥。俺说的都是实在话，上边说啥，咱就做啥，不会吃亏的。"

被子下面的小白还是一动不动。大春边抚摸着小白露在被子外面的那一绺漆黑的头发，边说："刚才老兵叔跟俺说了，让俺说给你，让你去大队公共食堂当炊事员呢。"小白的身子动了一下。"老兵叔还说，他专门挑了几个成分好、牌面好，又年轻又干净的当炊事员呢。"

小白一下子撩起被子，说："是真的？"

"这事能骗你玩吗？你准备一下，明天吃了早饭，就去李家磨坊的大食堂报到。司务长是刘三麻子。"

小白笑了，又露出那颗小虎牙来，说："你不是说挑了几个牌面好，又年轻又干净的人吗，咋让刘三麻子当司务长？"

"这你就不知道了，解放前，人家刘三麻子可是在济南府的大饭店里掌过勺的，再说人家是男的，年轻干净是你们几个女的。哎哟，俺的漂亮媳妇不用下地干活了，养得白白胖胖的，给俺生个大胖儿子。"

"去你的，"小白打了大春一下，再抬起头，眼圈儿又红了，说，"你刚才说俺长馋病，俺可能真的长馋病了。"

大春瞪着眼，愣了半天，才好像明白过来点什么，"你，你是说……"

小白说："那个，已经过了半个月，还没来。"

"你是说？"大春还是有点不明白。

"你咋这么傻呀，我可能有了！"

"真的？"大春终于明白了。他呆呆地站起来，说，"我要当爹了，对，还得把粮食交到大队去呢。"说着他往屋外走，他脚下跟装了弹簧似的，猛地蹦了个高，却一头撞在门框上。坐在床上的小白禁不住哈哈大笑起来。

第二天晌午过后，老兵叔和民兵连长各带着五六个人，兵分两路，开始挨家挨户拔锅灶。秋已经深了，天开始变凉，可民兵们的血是热的，个个生龙活虎。大春跟的是民兵连长这一路，他冲在最前面，表现格外积极，因为他还不是民兵，他只是一个积极分子，他需要积极地表现自己。民兵连长掐着腰，挥着手，今天，他还专门穿上了一身绿军装，他当过兵，那手挥得标准、好看。不一样就是不一样，大春打心里佩服民兵连长，在民兵连长的指挥下，他心里特别舒坦。他有的呢，是力气，每到一户人家，他总是第一个跳到锅台上去，腰一蹲，手一伸，腚一撅，一口大锅带着锅底灰就离了灶。有的人家刚吃完饭，锅还是热的，他不怕，他的手里攥着两块玉米皮，这玩意儿隔热；有的人家的锅里还有半锅黏粥或泔水，死沉，这最多也就让他迈两下霸王步，来到院子里，两只胳膊一伸就泼出去，一口气来到胡同里停着的大车上，一抬手便把锅扣上去。再看别人，就像是跑龙套的了，手里提着的，净是些小铁锅小铝锅小炒锅铲子勺子笊子刀子，丁零当啷，声音倒是好听，可你看他们的衣服上，都还是干干净净的。只有大春，只有大春的衣服被锅底灰染黑了，脸上也是黑一道白一道的，跟一只大花猫似的。

这一切，都被民兵连长看在眼里。民兵连长指着几个民兵骂："你们几个龟孙子，光出工不出力，你看人家大春，你们看看人家大春。"

大春揉搓着手上的锅底灰，憨实地笑。

很快来到大春家。小白去了公共食堂，家里锁着门，大春掏出钥匙，打开门，说："连长，各位，都进来坐坐吧。"民兵连长说："我们正好站在这里抽袋烟，就不进去了，你自己弄去吧。"大春迅速来到屋里的灶膛前，锅灶还是新的，是几天前爹和他刚刚垒起来的，外面糊上的一层黄泥巴刚刚干透。大春丝毫没犹豫，他掰着锅沿向上一拔，大铁锅就下来了，因为烧了没两天，所以锅底灰只有薄薄的一层。大春端详几眼这口新锅，心里还是隐隐地有了点儿不舍，但很快，这种感觉就消失了，他一跺脚，两步来到院子里，把锅放在地上，又回到灶膛前，一手抓起铲子勺子舀子，又看一眼这把新买的切菜刀，心想，刀是新的不假，可留下它就是犯错误啊。心一横，一手便提起菜刀，统统抱出来，叮当放在大铁锅内。

来到外面，大春把锅举到民兵连长的眼前，说："连长，你看，俺刚分了家，啥都是新买的。"连长掂起菜刀说："大伙都看看，都看看，人家大春还不是民兵，就有这么高的思想觉悟啊。"

下一家是九三家。九三叔站在院子里，朝着民兵连长低头哈腰。大春使劲儿挽了两下衣袖，身上的力气格外足，他鼻子里始终塞着一股粪臭味儿。九三婶子跟在他们后边，两只眼跟鹰一般。大春来到灶膛前，"噌"一下，跳上了灶台，把身后的九三婶子吓得向后退一步。他鼓着腮帮子瞪着大眼，喉咙里还发出呜隆呜隆的声音，故意把动作搞得特别夸张。九三家的锅确实沉，锅底灰特别厚，大春站在屋子中间，使劲儿抖搂几下，黑灰便落了一地。他瞥一眼九三婶子，发现九三婶子正用一双鹰眼剜他。他心里恣得不得了。

大伙装好了车，刚要走。大春发现了不对的地方，他觉得少了点啥。对啊，他一拍脑袋，说："停，连长，他家有一把比瓢还大的紫铜舀子，咋没上交呢？"

民兵连长一听，二话没说，大手一挥，扭身又走进九三家院子。九三叔和九三婶子正低着头，在屋里打扫锅底灰。九三婶子一边扫着一边嘟囔着说："你看你看，跟伙土匪似的。"

"你说啥？"民兵连长一嗓子，吓得九三叔把笤帚扔在地上，"你刚说的啥？你再说一遍让我听听。"

九三叔忙哈着腰来到院子里，说："女人家，不懂事，她说你看你看，这土啊这灰啊……"

民兵连长掐着腰说："九三，大道理我不讲了，已经说了一千遍，你再想想，你还有啥没交上来？"

"没了，真的没了，都交了，都交了。"九三露出一脸的冤枉。

"都交了，哼，我看你不老实，你家那把紫铜舀子呢？"

九三一下子从地上蹦起来，连拍脑袋，说道："你看我这臭脑子，咋就忘了那个东西，连长，那东西平时不用，想不起来啊，孩子他娘，快去，把紫铜舀子找出来。"

后面的大春心里偷着笑，心想：你就是臭脑子，前两天俺还看见你拿着它舀水来着呢。

当天晚上，雾庄大队公共食堂开张，食堂大院里的树干上挂着两盏马灯，整个大院里亮堂堂的，晃晃悠悠的到处都是端盆端碗的人，"排队，排好队。"有民兵维持秩序。刘三麻子站在一口大锅前，晃动着手里的大舀子，满满一锅白菜豆腐，冒着热气，小白和其他两个女人正把一大笼白面馍馍掀开，在马灯和热气中，小白的脸笑得像葵花。

这时候，老兵叔一瘸一拐的，陪着公社的一个干部站在马灯下。老兵叔咳了两下嗓子，喊道："都静一静，社员们静一静，孩子们别闹了，今天，雾庄大队公共食堂成立了，咱们离共产主义又近了一步，晚上，咱们吃白面馍馍和白菜豆腐，我相信，咱们的日子会越来越好，将来，争取让大家天天有肉吃有鱼吃。"人群爆发出一阵阵掌声。老兵叔又咳了咳嗓子，说："就是在这么大好的形势下，有的社员觉悟不高，竟敢私藏粮食，这是非常严重的问题，你良心何在，你占着碗里看着锅里，你这等于破坏生产劳动。这样，社员们回去琢磨琢磨，晚饭后把粮食交上来还不晚。明个一早，性质就不一样了，明个一早，我带着民兵挨家挨户检查，查出来，让你吃不了兜着走！"

老兵叔说到做到，一大早，他便召集十几个民兵，扛着铁锨、镢头，挨家挨户检查。大春由于拔锅表现出色，又被老兵叔点了卯。在老兵叔面前，大春表现得更积极，他提着镢头，就像一头豹子似的，老兵叔指哪儿，他就刨哪儿。马槽下面、炕洞里面、猪圈里、灶膛里、鸡窝里、缸底下，甚至八仙桌下，还有箱子柜子抽屉都得打开看。你别说，老兵叔虽然腿瘸，但眼特别亮，他每到一户人家，先用探照灯一样的眼睛扫一遍，然后啪啪啪拿手指一指，说这里这里这里，给我挖！

藏粮食、藏面的、藏炒豆子的、藏爆玉米花的、藏芝麻盐的，真不少，用缸用瓮用坛子罐子的，用口袋麻袋油布包的，五花八门，基本上每十户就有两三户藏的。把老兵叔气得呜呜叫，瞪着血红的眼珠子骂："狗日的们，太不像话了，会计，都给我记好了，我一个个地收拾！"大春呢，前蹿后跳，很有成就感，他身上似乎有劲使不完，一镢头下去，缸从土里露了头，他扔下镢头，弯下腰，一撅腚，哼哧一下，就把缸从土里拔出来，往老兵叔眼前一磕，打开盖子，说："大队长，又是一缸麦子。"老兵叔说："好，大春好样的。"

　　查着查着，便来到九三家，大春显得格外激动，抢在老兵叔前面，一个箭步跨进门。九三看到一瘸一拐的老兵叔，自己的腿似乎也短了一截骨，缩着脖子，满脸堆着笑，因为有拨锅收紫铜舀子那件事，所以他笑得不自然，露出担惊受怕的模样。九三婶子更是远远地躲在偏房门口，目光里也满是惊恐。老兵叔看也不看九三，径直来到屋里，他挥了挥手，民兵们都闯进来，也不用老兵叔指挥了，已是轻车熟路。里里外外鼓捣了半天，啥都没有。

　　这时候，大春又闻到那股粪坑的臭味儿，他一下子想起媳妇小白说的话，什么爆米花、暖瓶、锅巴的，他一眼瞅见八仙桌下面，那里并排放着三把暖瓶，他走过去，端起来，打开瓶塞，一股爆米花的香味儿飘出来，顶走了他鼻子里的臭味。

"大队长，这里有情况。"随着大春的一声喊，大伙都围过来。

老兵叔来到跟前，拿手指捏起一粒爆米花扔进嘴里，立刻传出咯嘣咯嘣的声音。他扭头瞪了一眼低着头的九三，说给我接着搜。大春把一只手放在老兵叔耳朵前，低声说："他家可能打了不少甜锅巴。"老兵叔边点头边喊道："柜子里箱子里框子里，对，还有被擩子里，都给我搜。"大春更像一只灵犬，他不停地抽动着鼻子，眼睛掠过九三家的边边角角。九三家堂前的墙面上，毛主席正用慈祥的目光打量着他们。

除了这几暖瓶爆米花，再也没查出别的东西，大春心里还有些不解气，嘟嘟囔囔地说："肯定还有别的东西，肯定还有。"

后来，雾庄的人都知道，轰轰烈烈的大食堂只维持了不到五个月的时间，勉强地过了年，正月十五不到，就维持不下去了。由于炼钢炼铁，村前村后的树几乎被砍光，不管是枣树果树柳树杨树还是桑树，都被砍尽伐绝。大食堂没有柴火烧了，更严重的是，仓库里的粮食越来越少，等新粮食下来，无论如何还得四个多月。老兵叔掐着手指头算，越算越害怕，脊梁沟里冒冷汗，一听到周围的村子有关停食堂的消息，老兵叔就果断地把食堂停了。改成每家每户每天按人头来食堂领一次口粮，先是每人每天一斤，后来又改成八两，接着又变成半斤。后来想想，老兵叔做得最漂亮的一件事，就是没把收上来的那些大铁锅扔进小高炉里炼了钢。

就在食堂即将关闭的前几天，发生了小白偷吃窝头事件。小白已经怀孕六个月，围裙已经遮挡不住她凸起来的肚子。本来，在大食堂干活的这几个月，小白表现得不错，从来不占集体的便宜。也可能因为肚子里有孩子，两个人需要吸取的营养肯定比一个人多，小白的肚子里天天是空空荡荡的感觉。她老是喊饿。大春只好把自己的那份匀给她一些，但她还是喊饿。这一天，她趁着食堂里没人，经不住笼里玉米面窝头的诱惑，伸手抓起一个，躲在墙角就吃起来。正好让司务长刘三麻子和另一个做饭的妇女撞上，如果是一个人撞上，事情的结果可能要好得多，但两个人都看到了，并且时候不对，食堂揭不开锅，面临关门，全村人都在饿肚子，好，你在这里偷吃集体的东西。

当时，小白都吓傻了，她捧着剩下的一块窝头，腮帮子鼓鼓的，不知所措。司务长刘三麻子和那个妇女都没说话，扭头干别的去了。小白咽下嘴里的窝头，朝着他们的背影说："俺饿，俺正长馋病呢。"可他俩谁都没回头。

司务长刘三麻子还是把这个事情报告给了老兵叔和民兵连长。民兵连长一听火了，一拳头砸在桌子上，骂道："臭娘们儿，老子在挨饿，她却偷吃公家的粮食，把她绑了，开批斗会。"刘三麻子为难地说："她，她怀着孩子呢，挺着大肚子。"民兵连长说："马二家里还挺着大肚子呢，刘罗罗家都快生了，人家都挨饿，就她大春家饿得受不了？"刘三麻子不再吱声。大队长老兵叔说话了："这样吧，会还是要开的，晚上开个会，让大春家里守着全队的社员认个错，赔个不是就行了，批斗嘛，就算了，年轻女人家，脸皮薄。"

再说小白，根本无心再干活，她觉得食堂里，每个人都在悄悄地说她的坏话。这一天，她早早回到家，拉一床被子盖在身上，可全身还是禁不住在哆嗦，肚子里的孩子，还不时地踹她两脚。她突然不觉得饿了，只觉得屋顶越来越矮，似乎要塌下来把她压扁，远处不时传来千军万马的厮杀声，朝她家越来越近……她盼着大春赶快回来，可她知道，大春正在田里深翻地。自从成为一个民兵，大春干啥活，都没被队里插过白旗。

大春收工回来，一进家门便感到不对。家里没锁门？往日这个时候，家里总是锁着门，小白肯定在食堂里干活呢。他来到里屋，果然看到小白盖着被子躺在床上，他被吓了一跳。他担心的是小白肚子里的孩子，忙靠上前，问："媳妇，你咋了？"小白不说话，只见被子在轻轻地抖动。他又推了推小白，说你没事吧。小白还是不说话。他忙撩开被子，看到小白蜷缩着身子，浑身在哆嗦。他摸摸小白的额头，好像不发热。他正要再问点啥，院子里突然有声音喊他："大春，你出来一下，大队长找你有事。"他答应一声，这时候，他看到小白的身子抖得更厉害了。但是老兵叔找他有事，他只好先去看看了。

当他站在老兵叔和民兵连长面前，听说小白偷吃公共食堂里的窝头时，他愣在那里，他不相信，但在老兵叔那张严肃的面孔下，他又无法不相信。他突然暴躁起来，跺着脚地骂道："这个臭娘们儿，看俺不砸死她！"

说着扭头就往外走，老兵叔一巴掌拍在桌子上，说："给我回来！听着大春，她肚子有孩子，狗日的你不可蛮干，这事出了，晚上召集社员开个会，让她检个讨就行了。你回去跟她说，让她必须参加。"

大春气呼呼地回到家，一进门就骂上了："你还有脸躺着，闹半天是偷吃了人家的东西，你丢人不丢人？俺每天匀出一半口粮来给你吃，你还吃不饱，你是无底洞咋的？这下好了，村里晚上开大会，看不斗你半死……"小白先是呜呜地哭，接着便啪啪地拍起自己的肚子来。大春一看急了，上去便把小白的两只手摁在床上，嘴里还骂道："臭娘们儿，你想害死俺孩子不成！"小白昂起头，张开嘴，一口咬住了大春的胳膊。疼的大春连喊了几声娘，回手就是几个耳光扇在小白脸上。

晚上的会还是开了，就在李家磨坊大食堂的院子里。小白披散着头发，低垂着头，在灯光下，她的肚子高高地鼓着，花棉袄紧紧地绷在身上，两个衣角就像两只牛耳朵似的向外翘着。不管别人怎么说，她始终没抬头，也没说一个字。最后，还是老兵叔说："这样吧大春，你代表你家里，向大伙赔个不是吧。"

从那天以后，小白开始变得不对劲儿。最先发现的还是九三婶子，这一天中午，九三婶子出来倒垃圾，看到小白正蹲在墙角上，手里捧着一块土坷垃往嘴里塞，把她惊呆了，认为是看错了，又走近两步，仔细看，没错啊，就是一块土坷垃。九三婶子忙走上前，一把把土坷垃从小白手里夺过来，说大春家里的，这个不能吃啊。小白一脸神秘的样子，两眼直愣愣地对九三婶子说："你别告诉他们，俺长馋病呢，俺饿啊。"九三婶子一看，心想，毁了，这一下可毁了。忙找到大春，把自己看到的跟大春说了。

大春仔细一观察，真的吓坏了，小白眼睛发直，说话颠三倒四，有时候自己嘟嘟囔囔，还偷偷地笑，这一天，她竟然把大便抹在了墙上。大春赶紧把这情况跟老兵叔说了。这时候，食堂也已经不开火了，由于吃不饱肚子，田里的活呢，大家也没多少力气干。老兵叔叹口气说："队里的事情，你先别管了，你就在家好好地看着她吧。"

饥饿开始在平原腹地蔓延开来，它是那么迅速，根本无法控制。村庄的气氛开始变得凝重，以往的欢快和喧嚣没有了。大白天，街上也是静悄悄的。人们都在减少活动，最主要的任务就是到处找吃的，时令还不到春分，地里的野菜刚刚冒出来，就被人们拔光了。人们把家里的角角落落都翻腾过了，连陈年的谷糠和玉米瓤子都扒翻出来，把它们磨碎了，跟那点粮食掺和在一块儿，蒸出来，土话叫巴拉块子。

因为还得把自己的一部分口粮匀给小白，大春饿得眼冒金星，夜里，他悄悄地来到田里，为了不让巡逻的民兵发现，他趴在地上，薅两把麦苗子塞进肚子里。白天吃巴拉块子，晚上吃两把麦苗或野菜，这样的后果是，解不下大便来，肠子里的东西越来越多，肚子变得邦邦硬，大春一蹲茅坑就是半天，可羊屎蛋子大小的东西都拉下不来。这一天，他的肚子终于爆发了，疼，钻心地疼。疼得汗水把衣服湿透了，趁着还能动，他来到赤脚医生家。赤脚医生一看这情况，二话没说，弄了一盆肥皂水，攥着一段塑料管子，说："把裤子脱了，把腚撅起来。"多亏赤脚医生是个明白人，给他洗了肠子，否则的话，可能就把他给憋死了。

就在大春洗完肠子的那天晚上，小白给他生下一个儿子。

小白不足月，但抱着肚子一阵阵喊疼。大春只好把接生婆喊来。接生婆一掐算，说："七个月，好啊，俗话说，'七活八不活'，你烧锅开水吧。"果然，随着孩子清脆的哭声，接生婆喊："大春啊，是个儿子。"屋外的大春一下子哭出声来，像是受了多大委屈。大春当然是由于激动，但更多是因为犯愁。大人都吃不饱，咋养活孩子呢？再说，孩子还是早产。

让人想不到的是，小白竟然还有奶水，孩子的小嘴巴一叼上小白的乳房，就不再哭闹。小白咴咴地笑，像只老母鸡似的，两眼直勾勾地盯着孩子。接生婆临走时说："大春啊，家里要是有点小米的话，给孩子他娘熬碗粥喝就太好了，要是有鸡蛋，煮个鸡蛋吃就更好了。"大春垂着头，眼睛红红的，低声说："家里除了两斤高粱面，啥都没有。"接生婆重重地叹口气，说："那你看好她，别让她着凉，孩子要想活下去，就得看她身上那点奶水了。"

接生婆的话，大春记在心里。他来到爹和哥哥家，明着是让爹给孩子起个名字，心里想的却是看看嫂子家有没有点儿小米啥的，哥哥家三个孩子，全家人也是天天饿肚子，他咋开这个口呢？

爹说："就叫红旗吧，鲜鲜亮亮的。"

哥说："叫红旗的太多了，叫跃进不错。"

　　爹点点头。大春也觉得哥说的有道理，说："那就叫跃进吧。"大春来到院子里，跟嫂子说："嫂子，哥给你侄子起了个名，叫跃进，你说这名字好不好？"

　　嫂子看也没看大春一眼，淡淡地说："一个名字，叫啥都好。"

　　大春碰了一鼻子灰，无趣地走出哥哥家的门。看来，要让嫂子拿出点儿粮食来，别说门，窗户也没有啊。

　　还好，小白的奶水持续了半个月的时间。天气有些暖和了，地里的苜蓿长了出来，往年，种苜蓿是给牲口做饲料的，这一年，却成了人们渡难关的好食物。半夜里，大春也顾不上自己的民兵身份，提着布兜子就潜入到夜色中，第二天，他用高粱面或地瓜面跟苜蓿苗一掺和，蒸出来的菜巴拉好消化多了。但是，这东西毕竟不是粮食，饥饿并没有缓解，更为严重的是，浮肿病开始在村子里蔓延，有的老人都不能下地走路了。

　　这一天半夜里，大春偷苜蓿回到家，发现小白没了，床上只剩下睡觉的孩子，他找遍了屋子里的角角落落，也没有发现小白。大春有些急眼，跑到院子里，端着灯把茅房里偏屋里都找遍了，还是没有。半夜里，小白能往哪里跑？大春的汗水已经淌下来。这时候，他突然听到院子中间的枣树上"咔吧"响了一声，忙来到树下，借着夜色，抬头仔细看，发现小白光着身子蹲在树杈上。

天这么冷，她竟然光着身子！大春急了，刚想骂。树上的小白朝他嘘了一声，低声说："别出声，有只鸡蹲在树枝上，俺抓住它，你给俺炖炖吃。"大春仔细地看看树梢上，哪有什么鸡？但大春长了心眼，说："你下来吧，你抓不到，你下来我去抓。"小白果真信了，慢慢地从树上挪下来。

第二天，小白开始发起烧来。大春去了赤脚医生家，拿来一包白药片，给小白灌上。小白出了一身汗，烧倒是很快退了，但奶水也消失得无影无踪。孩子饿得直哭，没有办法，大春只好用地瓜面熬了点糊糊，可地瓜面又苦又涩，孩子太小，根本不吃，也吃不进去。就这样，孩子撕心裂肺地哭了整整一天。

后来，大春瞅着这个叫跃进的孩子，也呜呜地哭起来，心想，这孩子看来是活不成了。不知道为啥，尽管这个孩子来到世界上只有半个月，可他是他的儿子啊，一想到这个孩子活不了，大春心里便火烧火燎。他想去找老兵叔，去讨那么一捧白面回来，孩子也有救啊，可又一想，两个月前，大队的粮库里就没白面了。别说白面，玉米面都一个多月没见到了。而新麦子下来，无论如何还得一个多月。别的村子里，都传来饿死人的消息了。大人都没法活，何况一个不足满月的孩子？

大春蹲在凳子上，瞅着炕上的小白和孩子，眼泪哗哗淌。这时候，门一响，九三婶子走进门。大春没动弹，把脑袋夹在两腿间。

"大春，俺咋听着孩子都哭一天了？哭声都不对劲了呢。"

过了半天，大春才抬起头，眼泪巴巴的，把事情跟九三婶子说了一遍，说："婶子，孩子看来是活不成了，我求你件事，到时候，你让九三叔把他提到野地里扒个窝埋了就成。自己的骨肉，俺心里难受啊。"

九三婶子没说啥，她抱起孩子，孩子立刻不哭了，她把一根手指头往孩子嘴上一放，孩子竟然张开小嘴吸起来。九三婶子说："就是饿的。"九三婶子放下孩子，扭身走出去。孩子又立刻大哭起来。小白面色苍黄，两眼直勾勾地盯着黑乎乎的屋顶，孩子的哭声她似乎没有听见似的。大春的脑袋垂得更低，两腿紧紧地夹着耳朵。

过了一会儿，门轻轻一响，九三婶子又回来了，她站在外屋，朝里屋的大春招了招手。大春站起身，两条腿如同千斤重，他缓缓地挪到屋外。九三婶子一回身，把门插上了，接着从怀里掏出鼓鼓囊囊的一团东西，用一条毛巾裹着。她把它放在锅台上，把毛巾打开。

　　"锅巴!"大春惊叫一声。

　　九三婶子忙摆手，让他小点声。锅巴大概有七八块，每块有半个鞋底那么大，还有零散的几粒芝麻，如同珍珠似的嵌在上面。九三婶子掰开一块，说："快去抱柴火，烧点开水，要烧开啊。"大春还张着大嘴呢，过了半天，他才回过味来。九三婶子又说："快把它放好，千万别让别人看见，千万别让别人知道了，更不能让你媳妇摸到，这可是救孩子命的。"

　　跟饼干一样，锅巴在水里变软变大，有一缕面粉的焦香味儿飘出来。九三把孩子从里屋抱出来。当九三婶子用小勺把一点点棉絮状地面糊糊放进孩子嘴里时，孩子立刻不哭了，孩子动了动小嘴巴，咽了下去。小勺再一次贴在孩子嘴唇上时，孩子兴奋地蹬了蹬腿……后来，孩子竟然睡着了。孩子哭了一天，早就哭累了。

　　九三婶子要走时，大春"扑通"一声跪在地上，一把鼻涕一把泪说："婶子，俺不是人，俺对不住你啊。"

九三婶子忙扶起大春，低声说："快起来大春，别让人家听见，这件事，可千万别让任何人知道了，俺这是冒了多大的险才打了十斤面的锅巴藏起来，大半年过去了，就剩下这点了，你老六爷俺也不给他吃了，对大人来说，这点东西解决不了问题，再说，老人活了一辈子，可孩子来到世上才这么几天，毕竟是条命呀。"

大春抹一把泪说："婶子，是你救了这孩子的命啊，俺一辈子也忘不了！"

"可别这么说，"九三婶子把嘴凑在大春耳朵上，悄悄地说，"是主席他老人家救了孩子的命啊！你还记得你们挨家挨户搜粮食的时候，恨不得把房子都拆了，谁家还能藏起东西来？多亏俺多了个心眼，把锅巴藏在了他老人家像后面，那里是一个墙洞，原来是烧香供神用的神龛，当时俺把锅巴藏在里面，你叔还吓得要死。俺说准没事，他老人家会保佑咱老百姓的。你看，让俺说对了吧。"

九三婶子这么一说，大春愣了愣，他一下子想起查九三婶子家那天的情景来。

「暗夜行路」

名医方子棋

那些年，平原上有一些名医，他们非常有名，其名声不限于十里八乡，甚至远播到百里之外。他们跟村里的赤脚医生有根本的不同，赤脚医生的活动范围大都仅限于本村，村里有人头疼胸闷、感冒发热，就找赤脚医生拿个药片，最多打个小针啥的。那时候的人，虽说吃得不好，但吃的都是有机食品，人皮实。再说那赤脚医生，也只会拿个药片打个小针，如有人得了急病或有个疑难杂症，要他治疗诊断，那他也只能把两条胳膊挓挲成鸟状，翻着白眼朝天看了。

但这些名医不同，他们身怀绝技，功夫多为祖传，有些神神道道，肚子里全是别人不知道的东西，又被人们在广袤的平原上传诵多年，浑身上下都套满大大小小的神秘光环。比如北边有个名医叫王不一，此人治病以开偏方为主，据说他肚子里藏有上千个偏方，可医治百病，这人一辈子疯疯癫癫，大老爷们的身板，却一口的娘娘腔，给人看病都是唱着看：摸一下病人的头，唱一句；掐一下病人的肉，唱一句；揉一下病人的肚子，再唱一句……谁也听不懂他唱的啥，不是京剧不是吕剧不是梆子，咿咿呀呀的，却很动情。他配偏方更有意思，基本上不出病人家的院子，扭着腰身，迈着碎步，手伸兰花指，站在枣树下，啪啪几下，掰下蒺针七枚，再来到人家没人住的偏屋墙角处，拿脚尖掘两下，一只土鳖便"咕咕悠悠"爬出来，然后再顺着人家的梯子，爬到屋檐下，伸手一掏，手里多了一条筷子长的小蛇，诸如此类，所以他到哪个村里给人看病，大人孩子都是前呼后拥，如同来了耍猴的玩戏法的一般。他太有名了，跟现在的歌星一样，我刚开始记事，就记住了王不一这个名字。不过，此人下场不好，在我出生的前两年，正是"文革"如火如荼的岁月，他让人家一棍子给砸死了，他倒不是什么"地富反坏右"，据说他给一个妇女看病，手去了不该去的地方，让妇女的丈夫一棍子放倒在人家院子里，也算晚节不保。

随着我年龄变大，这样的传奇人物正变得越来越少，他们逐渐化为平原上的种种传说。在我有限的记忆中，只有一位这样的名医让我记忆深刻，实际上，像这样的名医，我也只见过这么一位。他就是名医方子棋，他住的村庄叫黄花马，离我们齐周雾村有三十里路远，他以针灸出名，在我们那一带名声很大。我九岁那年的秋天，爷爷中风偏瘫，在医院住了一个多月的院，回到家中，左边的胳膊和腿还是无法动弹。奶奶说：请方子棋扎针吧。于是，邻家二叔就去黄花马，请名医方子棋。

二叔回来说：方四爷晚上到。名医方子棋在家排行老四，人们都喊他四爷。开始我还纳闷，方四爷干吗要晚上来呢？这么远的路，白天多好啊。后来才知道，这些民间医生，尽管名气不小，但都是农民，白天还有一堆农活要做。他们出来给人治病，基本上都是利用晚上的时间。那时候灯光少，夜黑，关于鬼的故事又多，所以我特别害怕黑夜，天一黑，我便躲在家中不敢出门，当然，村里来了放电影的时候除外。

虽说那时候夜黑，但人讲信用，说晚上到，肯定会到。天刚黑透，就听二叔在门外喊：四爷到了。奶奶、姑姑、母亲，一家人叽里咕噜来到院子里迎接。我跑进另一间屋子里，跳上炕，透过窗玻璃，看到院子里黑影憧憧，一阵铃铛声响过，一个壮壮的身影走进从屋门漏出的灯光里，他手中提着一个人造革提包，步子似乎特别重。我跳下炕，扒一道门帘，正好方四爷走进屋来，尽管屋梁上挂着的灯泡只有十五瓦，但我还是看清了他的模样。我有些失望，此人个不高，四方脸，头发又密又硬，直直地竖着；脸膛黑黑的，满脸的麻子，油光光的；他单眼皮，有些肿的样子，跟没睡醒似的，看不见眼珠。他随着奶奶走进屋。

我听见奶奶说："四爷，咱先吃饭吧。"

"先扎针。"声音又厚又沉。

我钻进爷爷的房间，蹲在炕沿下面，只露出两只眼睛来。方子棋方四爷正捏着爷爷的胳膊腿问这问那。然后，他拉开人造革提包的拉链，拿出一个圆柱形的白布团，打开一层层白布，原来是一个棕麻团，一排排的银针插在上面，长短不一，闪闪发亮。方四爷坐在爷爷旁边，挺直腰板，微闭双眼，吐一口气，这才拔下一枚银针，向前躬下身子，大拇指和食指捏着银针，轻轻一捻，长长的银针一下子进入爷爷的脚踝骨，我的心不禁一揪，竟然产生了一股尿意，再看爷爷的脸，并没有露出疼痛的表情。一家人围在方四爷的身边看着，大气都不敢喘。方四爷接着又拔出一枚银针，照样轻松地插进爷爷的肉里，就这样插到第五枚时，电灯"刷"地灭了，屋里一下子全黑了，人们刚"呀"了半声，只听方四爷喊了一声："别动！"屋里又马上静下来，黑暗中，爷爷突然发出一种怪异的呻吟声，只有片刻，声音就消失了。我浑身一哆嗦，心里充满恐惧，只听方四爷说："点灯吧。"

二叔骂了一句，说："咋这时候停电呢？"

方四爷淡淡地说："这很正常啊。"

母亲端来煤油灯，姑姑又点着一支蜡烛。方四爷还是刚才那个样子，灯光的亮度似乎与他无关，他偏了偏头，那稍显肿胀的单眼皮里，射出一道锐光，他又从麻团上拔出一枚银针，迎着灯光看了一眼。我发现，这枚银针比刚才的大很多，也长也粗。方四爷把银针捏在手中，猛一下朝爷爷腿部的膝盖外侧扎去。这个动作突然，围在他身边的奶奶、姑姑和二叔，几乎同时把脖子伸出去一骨节，母亲举着的煤油灯也抖动了一下。方四爷的大拇指和食指急剧地捻着针柄，针却好像扎在了钢板上，怎么扎都扎不进去。躺着的爷爷突然变得烦躁，龇着牙咧着嘴，像鱼吐泡泡似的吐出一串哎哟声，奶奶、姑姑和母亲都开始紧张起来，只有坐在椅子里的方四爷跟铁塔似的纹丝不动。这时候，只见方四爷捏针的那只手一下子被弹起来，那根银针却依然在他的手里。方四爷微微喘一口气，把身子向后挪了挪。

二叔突然大叫一声："哎呀，快看！"几个人的身子同时朝爷爷的腿弯下去，我在后面也沉不住气了，跑过去一看，吓得我腿肚子直哆嗦：爷爷松弛的皮肤下面，鼓着一个黄豆粒大小的疙瘩，就像一个虫子似的，正沿着爷爷的腿上下乱蹿。这就是一个圆圆的鼓鼓的虫子啊……

"让开。"方四爷声音厚沉，他深吸一口气，手中的银针朝着这个虫子似的东西就扎过去。爷爷的嘴里又吐出一串哎哟声，他这条不能动的腿猛地抖了两下，接着一切都归于平静。我看到奶奶的嘴还张得很大，姑姑的眼里噙着泪花，二叔跟傻了一般，眼珠一动不动地盯着爷爷的腿。而我呢，只觉得双手冰凉，不自觉地蹦了一下，如同青蛙那样。

接下来，方四爷手中的银针扎下去，就特别轻松了。爷爷也恢复了平静。奶奶这才想起什么似的，接过母亲手中举着的煤油灯，吩咐母亲和姑姑去准备饭菜，并且对二叔说："小二，一会儿你陪着四爷喝两盅。"二叔忙点头，像刚回过神来。

方四爷在外屋的脸盆里净了手，回到屋内。炕上的四方桌已经摆好，昏黄的煤油灯下，摆放着四盘小菜，卤水花生、韭黄炒鸡蛋、醋熘白菜、萝卜丝拌虾皮，每盘菜都油亮亮地泛着光，特别诱人。扒着炕沿，露出半个脑袋的我禁不住直咽唾沫，母亲攥着筷子从外面进来，顺手在我后脑勺上来了一巴掌，"出去。"跟轰一只狗似的。我忙把头缩到炕沿下面。只听方四爷说道："哟，还有个小家伙呢。几岁了？"方四爷肯定是跟我说话。我露出一只眼睛，看到方四爷已经盘腿坐在炕上，正眯缝着眼瞅着我。

"四爷，别管他，来，喝盅酒，解解乏。"二叔正把烫好的酒倒进方四爷眼前的酒盅里。

"四爷，你喝，多喝点，也没啥好菜。"奶奶说这话，走过来，把我挡在她身后。

方四爷也不客气，端起酒盅一饮而尽。他咧咧嘴，抹搭抹搭嘴唇，把一粒花生米放进嘴里。二叔接着又把酒倒满。

"你们知道刚才为啥停电？"方四爷问。

奶奶和二叔连忙摇头，都露出一副惊魂未定的样子。方四爷又把酒干掉。

"这事儿我碰到的多了，原先没电灯的时候，他们就刮一阵风来，把灯吹灭。"方四爷嘴里嚼着菜，满脸的不在乎。

"四爷，你说，他们是……"

"还有谁，妖、魔、鬼、怪……"方四爷说完，又把酒倒进嘴里，说，"你家大哥是不是因为生气得的病？"

奶奶连忙点头，说一声四爷，别提了，俺家这老头子一辈子胆小怕事，再加上成分不好，这一辈子哦……奶奶说不下去了，眼泪哗哗流。

"气是这么好生的吗？那魔障们就是沿着人的气进入人体内的，"方四爷又干一盅酒说，"大哥这病，本来我想最多扎三次就妥了，看现在这个样子，怎么也得扎个七次八次的。"

"那就太麻烦四爷了。"

"见外了，咱庄户人家不客气，要不我就不是方子棋了。人，我方子棋没得罪过，鬼，我得罪得多了。再加上我们给人家看病，都是走夜路，月黑风高，啥事碰不到？好多次，他们都想把我弄到阎王爷那里去，我不怕。你就说刚才，你们都看到了，那家伙蹿来蹿去，还想赖着不走，我狠狠地给了他一针，够他受的。"

此时，在煤油灯下，方四爷的脸膛红通通的，脸上的麻子也更加清晰，眼睛的缝隙似乎也大了一些，他少了刚才的威严，变得活泛起来。他的话如同一根线，把我从炕沿下面牵出来。我有一种预感，觉得好戏刚刚开始。

果然，在随后的一个多月里，名医方子棋方四爷每次夜里来到我们家，总是先给爷爷扎上针，盘着腿坐在炕上，喝上一壶老白干，讲上一段他跟鬼斗智斗勇的经过，讲罢，再把针从爷爷的腿上胳膊上取下来。然后打着酒嗝，冒着风雪严寒，骑上他的破自行车离去。每次送走方四爷，我总是在屋门口站上半天，过了好长时间，我似乎都能听见方四爷那辆破自行车的铃铛声，它穿过浓重的夜色，传进我的耳朵，清晰无比。

故事一　鬼打墙

北边程庄，离你们村五里路，有个姓程的，常年走街串巷卖鱼，说不定你家还买过他的鱼吃。这伙计嘴大，外号叫程大鲶鱼。程大鲶鱼到处转着捕鱼摸虾，天天不在家。每天两个孩子一上学，家中就只剩下他老婆一人，坐在枣树下织个网纺个线啥的。

那一年夏天，小枣的屁股刚刚红圈儿，该是七月十五前后。这一天，他老婆正坐在树下织网，猛地听到头顶枣树上的麻雀一团乱叫，接着呼隆一声飞走一群。一个让虫子咬过的小枣掉下来，正好砸在他老婆的手上。他老婆停下手里舞动着的竹梭子，抬头朝树上看，看了半天，也没看到什么东西，只是觉得周围很静。这静，可静得跟平时有些不太一样，他老婆心里正纳闷儿，一下子看到了屋顶上的那个大黑家伙。按程大鲶鱼他老婆的说法，那家伙长得跟猫似的，但绝不是猫，比最大的猫还要大上一倍，通体漆黑，那天天气又好，那身黑毛在太阳底下锃亮锃亮的，闪着光，那家伙正蹲在屋顶的烟囱上，两只前爪抱在一起，高高地举着，正对着太阳拜来拜去。他老婆当时被吓傻了，禁不住"呀"地叫一声。那个大黑家伙猛地扭过头来，一对玻璃球似的大眼转动着，先是闪着五彩的光，接着就喷出两道剧烈的亮光。程大鲇鱼他老婆直觉心口一阵灼热，连惊带吓，眼前一黑，晕了过去。她醒过来，睁开眼，看到周围先是红色的，接着是绿色的，又变成黄色的，最后才慢慢恢复到正常颜色。再看屋顶，啥都没有了。这个女人说，跟做了场梦似的，一整天都没从梦里醒过来，浑身无力，给孩子做饭都是迷迷糊糊的。

这个女人长得倒有几分姿色，但又高又瘦，跟一根高粱秆似的，身体本来就弱，哪经得起这样的惊吓，没等程大鲇鱼回到家，就早早地睡下。你们都知道，这逮鱼的不管是用网还是用药，活儿都得夜里干。程大鲇鱼天天夜里回到家，都是很晚了。

这天夜里，程大鲇鱼回到家，一开屋门，便觉得不太对劲。他侧耳仔细一听，听到的是一种女人哼哼唧唧的声音，居然是从他和老婆睡觉的屋子里传出来的。他不敢相信，使劲打一下自己的耳朵，声音却更加清晰。他悄悄插好屋门，随手抄起一根棍子，连跨两步，一把撩开里屋的布帘子。一股阴冷的黑风把他掀了个趔趄，等他站稳脚跟，哼哼唧唧的声音没有了。那几年村里还没通电灯，程大鲇鱼忙划着火柴，点亮罩子灯。他举灯来到老婆床前，看到自己的女人还在睡着，只是额头上全是豆粒般大小的汗珠，身上的短衫也被汗水湿透。女人咬着牙，身子起伏着，嗓子眼里发出粗重的喘息声。他使劲推一把老婆的身子。他老婆倒是睁开眼了，身子却不能动，直到眼泪从眼窝里淌出来，才蹦出来一句话，说："有个大黑东西，压在俺身上，压得俺喘不过气来，俺咋挣拽也动弹不得，真急死人了。"

程大鲇鱼一听老婆这话，血一下子涌到脑门上，他举着灯来到外间屋，看到门还是刚才他插好的样子，他又来到孩子睡觉的屋里，看到两个孩子睡得跟小死猪似的，他把房子的角角落落照了一遍，啥也没有看到，接着又回到老婆睡觉的屋里，看到窗子上的纱窗也完好无损。他禁不住长出一口气。他知道自己的女人体格弱，心想，这是招了压虎子。

这时候，他老婆已经坐起来，披散着头发，两眼呆直。

"到底是咋回事？"在程大鲇鱼的逼问下，这个女人

便把白天遇到的事情跟他说了。程大鲇鱼半信半疑。他
长这么大，也没听说过这样的东西呀，更别说看到了。
但他想到了刚才那股阴冷的黑风，禁不住浑身哆嗦了
一下。

"不会、不会就是一只大黑猫吧？"程大鲇鱼这么一
说，女人"呜"一声便哭起来，她摇着头，抖动着身
子，露出满脸的恐惧。

要是事情就这么过去了，就不会有我后来的遭
遇了。

打那以后，类似的事情又出现过几次。每次，这个
女人从噩梦中醒来，都是大汗淋漓，半天无法动弹，她
让那个大黑家伙折磨得面黄肌瘦，精神恍惚。程大鲇鱼
也沉不住气了，到处求神抓药，并不见好转，这一天，
找到我的门上。我把手指往她的手腕上一搭，不禁大吃
一惊，她的气脉太乱了，如同鱼群撞网一般。我再一
问，她便把事情前因后果跟我说了。我心里已知八九，
但禁不住倒吸一口冷气，你们肯定都听说过拜月的黄鼠
狼子，可谁听说过拜日的野兽？我知道我这次遇到难缠
的主了。我不知道我要碰上什么事儿，但既然是病人求
我，我不能拒绝呀。

夏天天黑得本来就晚，我到程大鲇鱼家时，天已经黑透。屋外热得喘气都困难，可一进程大鲇鱼家屋里，马上感到一股阴森森的气息。一盏罩子灯在桌子上发着昏黄的光，不过，桌上的几碟小菜倒是挺诱人的，一碟油煎小河虾，一碟风干小浮鲢，一碟腌泥鳅，还有一碟油亮亮的卤水花生米，显然是程大鲇鱼刚刚备好的，这多少把屋内的寒气驱走了一些。

　　我第一次给这个女人针灸，就遇到麻烦。这个女人太瘦，身上基本上没啥肉，那骨头七角八棱的，穴位不好找。银针扎下去，如同碰到钢板上，"啪"一下就弹回来。你们都知道，我的针是不会往她骨头上扎的，这么强的反弹，很不对劲儿啊；还有这个女人，疼得龇牙咧嘴，身子抖得像筛草的筛子，汗珠子哗啦哗啦地像滚豆子似的往下淌，你们也知道，我针灸是不疼的，所以，这些都不对劲儿。我第一针扎下去，就听到女人身子下的床板"咔"的一声响，这女人才多沉，连骨头带肉加起来也不过七八十斤，这肯定不对劲儿。接着扎下第二针，屋外似乎起风了，吹得门板咣咣乱响，院子里的农具也稀里哗啦倒了一片，我纳闷，刚才进门的时候，天气还是好好的啊。接着我又扎下去第三针，这一下闹的动静有点大了，先是墙上挂着好好的像镜子掉在桌子上，"啪"一下子摔得粉碎，紧接着程大鲇鱼手里举着的罩子灯忽一下灭了。"别动。"我跟程大鲇鱼说。虽说屋里漆黑一团，可是我手底下，一个土鳖大小的玩意儿正在这个女人松塌塌的皮肤下上蹿下跳，我猛一下把这魔障摁在女人的胳肢窝里，一针就扎下去，只听床板又"咔"的一声。好，这一下，床板真就断了一截。女人的嗓子眼里像卡住一口痰，"呜噜呜噜"地响。我长吁一口气，说点灯吧。程大鲇鱼划着火柴点亮灯，我仔细一看，女人的嘴边，吐出一摊黑幽幽的东西，发着难闻的腥臭气。程大鲇鱼忙把女人头下的枕巾拽下来。他的手一边拽着枕巾，一边抖个不停。这可是又黑又壮的一条汉子，竟然吓成这样。

扎完针后，我来到院子里小解净手，发现外面除了拂面的热气，一丝风都没有。院子里又黑又静，除了几颗星星在头顶上眨巴着眼，就是虫子唧唧咕咕的叫声。难道刚才发生的一切都是幻觉？这时候，屋里传来程大鲇鱼收拾碎玻璃的声音。

说实在的，我这人一见酒，那没出息的一面便露出来。再加上那天，程大鲇鱼准备的几碟小菜特别可口，我肯定是多喝了两杯。但我敢保证,我绝不会喝多,我是干什么来的?我还得给病人取针。你想想,你对面躺着的可都是病人呢。还有就是,你得罪的可都是些妖魔鬼怪,它们正找不到机会报复你呢。心里虽有这么一根弦绷着,但该来的还是要来的。

那天夜里,我往回走的时候,肯定已是午夜子时。程大鲇鱼非得让我住下,他哪知道我的毛病,这么多年来,我从没在病人家住过一晚上。不管多晚,也不管离家多远,我都是要回去的。这辆破自行车为我立下汗马功劳,如今你骑上它,它稀里哗啦乱响。可我从不修理它。这响声正合我意。黑茫茫的野坡里,它稀里哗啦响着,再加上我再唱一段"马大保喝醉了酒啊",那感觉特别好。

再说那天夜里的事儿。那天夜里天特别黑,但再黑的天,脚下的路隐隐约约还是能感觉到的,就像一条似有似无的浅灰色的宽带子伸向黑暗中。我的人造革提包里有两样东西,一个是针包,一个是手电筒。可手电筒我从来不用,刚才我说过,我喜欢黑灯瞎火骑着破车子,嗓子眼里再哼哼两句小吕剧啥的。那天夜里我正是这样,我沿着浅灰色的宽带子向前骑着,这时候,一天的热气已经散尽，小风吹过来，随着小路两旁的玉米叶子"唰啦啦"一阵响，身上立马就舒服得要命。借着酒劲儿，我把衣服也扒下来，光着脊梁，我也不知道骑了多长时间。反正过了齐周雾，过了刘家庄，又过了黄菜屯，反正离黄花马是越来越近。开始，头顶上还亮着几颗星星，不远处，树和庄稼的轮廓还看得清，虫子"吱吱咕咕"的叫声还听得清楚。过黄菜屯不远，我好像都已经看见马颊河河堤的轮廓，沿着河堤，再往南走七八里路，就是黄花马村。

可是骑着骑着。我猛地发现我迷路了。我咋知道迷路了呢？刚才我路过一间场沿屋子时，停下车子尿了泡尿。场沿屋子旁边有一个麦秸垛，麦秸垛一边有一个圆咕隆咚的石碌碡。我就是朝着石碌碡尿了泡尿，我还记得碌碡上有一块破砖头。我骑了半天自行车，我发现我又回到了这里。隐约中，我看到场沿屋子、麦秸垛、碌碡，还有碌碡上的砖头，跟刚才的一模一样。我知道我迷路了。开始我并没太在意，我走夜路走得多，这样的事儿也不是没碰到过。天黑嘛，伸手不见十指的。于是我又骑上车子往前走。这次我瞪起眼珠子，其实我没必要瞪眼珠子，这些路我都走过上百遍，我闭着眼也能回到家。

可真的是见鬼了。我觉得我没走错路啊，可骑着骑着，我发现我又回到场沿屋子和麦秸垛这里。我朦朦胧胧地一看到碌碡上面的破砖头。一身白毛汗"哗"一下淌下来。我使劲儿甩甩脑袋瓜子，又掐一把大腿上的肉。没错，我不是在做梦啊。这时候，酒劲儿早就没了。我想起包里的手电筒。我忙把手电筒掏出来，把电钮向上一推，好，啥光也没有。我一下子明白了。我想到程大鲇鱼家那股黑风和摔碎的像镜子，我想到那个瘦女人身子底下"咔"一声断掉的床板，我想到那个朝着太阳挥爪子的大黑家伙……毁了，我想。我的脑瓜皮一阵麻，头发一下子全竖起来。可这只是片刻，只是片刻的慌乱。片刻之后我稳下来。我并不害怕，我走了大半辈子的夜路，啥事我没遇到过？

我知道我不能停下。我得朝前骑。我紧攥车把，竖着耳朵。果然，身边的一切开始变得不一样。先是头顶上的几颗星星没有了，紧接着，周围庄稼和树木的轮廓也看不到了，就像是一团黑雾漫过来，把我包在里面。更让我吃惊的是，我身下的破自行车突然没了声音，我竖起耳朵，"吱吱咕咕"的虫鸣和"哇啦哇啦"的蛙叫也一下子听不到了。四周变得静悄悄的，让人心里有一种怪怪的感觉。我把一只手放在眼前，竟然啥都看不到，再睁起眼来看前面，别说道路，车把都看不到了。我一下子把车子停下。我根本不知道我骑到了啥地方。我晃着脑袋，跟瞎子一模一样，啥也看不见。好在我心里还算明白，一把攥住了挂在车把上的人造革提包。

我惦记着包里的那些银针，要知道，它们不光能给病人治病，遇到妖魔鬼怪，它们还是我的兵器。我把车子支好。我不敢走动。我不知道我站在啥地方，说不定下面就是一口井，一脚踏下去，就是万丈深渊。你寻思咋的，这些家伙就想把你置于死地。

我睁着眼睛，侧着耳朵，手下却没闲着，悄悄地把扎满银针的棕麻团从包里掏出来，把裹着的花布去掉。我取下一根银针，针尖朝外，把它轻轻地含在嘴里。我随时准备着把银针吹出去，射向那些黑暗中的家伙。你们可能要问我，为啥把针含在嘴里，这你们有所不知。那些妖魔鬼怪，那些藏在黑暗中的家伙，它们看到咱们人喘出来的气，那可不是气，那是火。对于那些家伙来说，咱们喘气就是喷火。我这一口火喷出去，再加上一枚银针，够那家伙受的。我站在那里等着。实际上我心里害怕极了。我多么盼着能听到一声鸡叫啊。鸡是避邪的动物。鸡一叫，黑暗就会悄悄退去，天也即将破晓。

可这时候，鸡叫声没听见不说，一股力量却悄悄袭来，我憋得慌，喘不上气来，想尿尿。我感到四周像是埋伏着好多东西似的。突然，身边的自行车"啪"的一声摔倒在地，吓得我一蹦，接着，我把嘴里的银针一口喷出去。喘气似乎顺畅了一些，我不敢怠慢，接二连三把针放在嘴唇间，再用力地把针吹向黑暗中。我上蹿下跳，浑身是汗，也不知道过去了多长时间，可黑暗就像没边没沿的黑棉布一样，咋扯都扯不开。我累得气喘吁吁，一点劲儿都没了。我摸索了半天棕麻团，发现只剩下那根最长最粗最大的银针。我拔下针，搋在嘴里，心想，死活就这一下子了。我鼓起腮帮子，运足浑身气力，"噗"，一口把最后这根针射出去。我似乎真的看到喷出去的是一团火。我站在那里，喘着粗气。猛地，我觉得眼前像是清亮了一些，接着，我又听到一两声蛙叫，我还没来得及高兴，就听到远处传来一声长长的鸡叫声。我一屁股瘫坐在地上，像被人抽去了筋骨。

我好像坐在一个高高的台阶上，我把两条腿耷拉下去。一丝小风吹来，身上的汗水很快退去，舒服极了。

头顶上，几颗星星又露出来。我闻到一股水草的腥味儿，还有流水的声音。我不知道我坐在啥地方。我扭过身子在地上划拉几下，正好摸到我的人造革提包。我忙从包里掏出手电筒，这次推上电钮去，竟然亮了。而且特别亮，射出一道雪白的光。我往周围扫了一圈儿，发现我好像是坐在一座桥上，自行车歪倒的地方，正好有一截断掉的水泥栏杆。我低下头，顺着两条腿，再往我脚下一照。可把我吓死了！我竟然是坐在桥沿上。我脚下五六米的地方，正是宽宽的马颊河的河面。一身冷汗接着就冒出来。这是想把我弄死啊。多亏我福大命大，有老天爷保佑着，要不，这次就死定了。我知道那个黑家伙让我给打跑了。最让我心疼的是，我那百十根银针。我后来才知道，这叫鬼打墙。我遇到鬼打墙了。

当然，我当时不会跟程大鲇鱼讲这些的。程大鲇鱼知道这事儿，已经是好长时间以后了。他也是听别人说的。他又专门提着几条大梭鱼来看我。实际上，我总共给他老婆扎了三次针，他老婆就好得利利索索了。

故事二 鬼火追

这件事情就发生在去年，现在一想，还是禁不住出一身冷汗。去年春夏之交，正是麦子黄梢的时候，大山镇那边有一个关庄，有一户姓姜的人家，男人是个卖豆腐的，每天一大早，推上豆腐车子，走街串巷，打梆子卖豆腐。这家的女人倒也勤快，男人一走，便撅着腚把第二天要用的黄豆筛捡干净，再用清水泡上，然后坐在院子里的树荫下，纺线织网，赚个零花钱。两个人勤劳节俭，小日子过得厚厚实实的，家境不错。

话说这一天快到晌午的时候，这家男人卖豆腐还没回来，女人正准备收拾线团，起身做饭，好，那几只小黄鼠狼子又跑了出来，围着他家偏屋门口的门槛，上蹿下跳嬉闹不停。阳光很足，这几个贼头贼脑的小家伙皮毛火红，又是翻筋斗又是晾肚皮，有两只还支起"黄瓜架"。它们这可不是第一次出来，每次都吓得她家的鸡鸭满院子乱飞，躲在墙角处抖个不停。这家女人忍了好几次，这次终于没忍住，抄起一只鞋子便铆足劲儿扔过去，嘴里还咬着牙骂：打死你这帮狗日的东西。要说也巧，这一鞋子打过去，正好打在一只小黄鼠狼子头上。这只黄鼠狼子连滚几个滚，接着，就四肢朝上挠叉起来。这是在挣命啊！女人也吓呆了。尽管嘴上骂，但心里却只是想着把它们轰走，并没有当真要打死一只。她知道这帮家伙在她家偏房里已住了多年。这帮家伙倒也仁义，从没有糟蹋过她家任何东西。她男人更是迷信，不但不打骂它们，还把它们当仙供着，每到逢年过节，都要在偏房里专门上供烧香，说这可都是些黄仙哪，千万别惹着它们。

就在这时候，女人眼前出现了更让她吃惊的一幕。只见"噌、噌"蹿出两只大黄鼠狼，前边一只一口叼起还在挣命的小黄鼠狼，瞬间便消失在门缝里；后面那只猛地停下来，它回头看了一眼还在发愣的女人，眼里闪出一道幽幽的寒光，接着便扭身钻进偏房。女人头皮一麻，禁不住向后倒了两步。当她回过神来，眼前除了她那只塑料底的灰布鞋，啥都没有了，就好像做了一个梦。当然，这个梦的确是够长的，一连几天，这个女人都在迷迷瞪瞪地做着梦。

据她男人说，当天夜里，女人就发起高烧，烧到快四十度，吃药打针退不下来。夜半时分，这个女人突然扯着嗓子骂起街来。骂道：姓姜的，你个没良心的，俺从你爷爷那辈儿就住在你家里，俺在你家住了六十年，你好好想想，这么多年，你家的粮食囤啥时候见过底？你家有谁挨过饿？俺帮了你家多大忙啊！你不领情倒也罢了，还恩将仇报，打死俺的孩子，你不得好死啊你……

女人躺在炕上，翻着白眼，扯着嗓子骂个不停。那姓姜的男人吓尿了裤子，两条腿软得如同面条，"扑通"一下跌坐在地上。因为这骂街的声音根本不是他老婆的，虽说打死小黄鼬这事儿他老婆没来得及跟他说，但他知道他家里有这么一窝东西。他知道老婆这是惹祸了，让这东西魔上了。

不知道从谁口里，他打听到我方子棋。我骑着车子走了四五十里路，进关庄的时候，太阳都落下去了，我还是能听到路边的人们在喳喳这事儿。我心里话，这又不是个善茬。

果然，在我扎针的时候，他家的院子里"叮叮咣咣"闹出一些动静来，这事儿我见得多了，就当啥都没听见。不过在扎针之前，我已经问清楚他家偏房里住着一窝黄鼠狼这事儿。一窝黄鼠狼而已，我真的没怎么当回事儿。给女人扎上针，我照例坐下来跟姜姓男人喝酒说笑。这个男人吓得大气不敢喘，给我倒酒的时候，总是把酒洒在桌子上。酒是粮食精啊，喝了不疼洒了疼。我说你还是把酒壶给我吧。直到我夸他做的豆腐好吃，他脸上才露出一点儿惨淡的笑，只不过他这笑比哭还要难看。我禁不住嘿嘿地偷着乐。那天晚上我真的很放松，根本就没把几只黄鼬当回事儿。这叫"大意失荆州"啊，差一点儿没把老命搭上，如今想来，不禁倒吸一口冷气。

且说那天夜里，我离开关庄的时候，已经是十点来钟。女人的烧已经退下来，只是迷迷瞪瞪地睁不开眼，我嘱咐罢姓姜的男人要多给她灌点水下去，就骑上自行车离开关庄。夜里十点，已是很晚了。除去从村子里传出的几声狗叫，路上啥声音都没有，倒是能闻到从远处飘来的枣花的香味儿。那天是个阴天，没有星星也没有月亮，伸手不见五指，我对这样的天气早已是习以为常。我还真的愿意走这样的夜路，肚子里的那点儿小酒让你的脑袋晕乎乎的，你只管闭上眼摇头晃脑地哼上两句"小官离开洪洞县"，你心里舒服不说，车子也保证骑不歪，这叫啥，这就叫经验。

那天夜里，我真的就这样闭着眼晃着脑哼着曲儿骑着自行车往家赶。因为我记得很清楚，当我再睁开眼睛时，我看到我眼前升起来一个圆圆的大月亮，火红火红的，足有锅盖那么大。我很奇怪，心想，啥时候月亮出来了？又一想，不对，哪有这么大的月亮啊？想到这里，我急忙脚尖点地，停下车子，揉揉眼睛。这么仔细一看，不禁大吃一惊，这哪是什么月亮，分明是一个硕大的火球！它正蹲在一棵枣树的树枝上。就在我刚看清楚这是一个火球的当儿，这家伙"呼"地一下子便飞起来，直直地飘在道路正中间的空中，似乎正盯着我看。

我一眼便看出来，这是一团鬼火！为啥这么说呢？你看它这么一大团火，却照不亮周围的东西，它的四周照样还是黑黑的，说明这是一团阴火，也就是鬼火。说实在的，鬼火我见得多了。我夜路走得多，经常看到道路两边的坟地里点点的鬼火你追我赶，在黑夜里嬉闹。但如此大的一团鬼火，我可是第一次遇到。我知道这是冲我来的。它想干啥呢？我心里禁不住发虚，心想这可咋办？正琢磨着，这家伙猛地一下子从空中落到地上，立马变成三个同样大小的火球，一字排开地横在路上。

忽的，一身白毛汗涌出来，我的心一下子吊到嗓子眼。我不自觉地把车头横过来。我是想往回走，可扭头一看，好嘛，后面还有三个一模一样的火球。我明白我不能往回走了。再说，要是我果真再回到关庄，不让人家笑话才怪。我横在中间，就像是一面镜子。有那么一刹那，我脑瓜子一晕，变得有些恍恍惚惚。还好，我把心往下一沉，使劲一跺脚，心里话：老子我啥没见过，还怕你几团鬼火不成？我心一横，扭回车把，猛地朝着那三团鬼火吼了一嗓子。没想到，那三团鬼火向后一退，又合成了一团。我不禁一喜，心想，真是鬼也怕恶人哪。

　　我骑上车子往前走，装作啥事没有的样子。实际上我的心就像被一根麻线提着，七上八下的。我不知道有啥事情等着我。我害怕这团火猛一下扑过来，把我也烧成一个火球。还好，我向前骑的时候，那火球便自动向后退。看来，它并不想攻击我，倒像是在逗我玩儿。我心里紧张啊，骑着骑着，一下子骑到一道土坎上，车子一歪，身子像球似的滚下去，只见那团鬼火忽地一下飞起来，哗一下弹出去百十米，然后蹲在路边，像是看我的笑话；我让自己的心稳下来，我瞪着眼，使劲端着把，尽量不骑偏了路，可事就怪了，我骑着骑着，前辖辘又不知道轧在啥上面，车把一扭，我一头就从前边栽下去，直觉眼前金星银星乱飞，满口血腥味儿，舌尖一舔，他娘的，上面少了一颗牙，这时候，只见那鬼火已经跳到树杈上，一动不动低着头看我，像是在阴阴地笑。我摸索半天，把那绊车子的东西攥在手里，原来是一根树枝子。我知道是这家伙捣的鬼。我爬起来，扶起车子，摸摸挂在车把上的人造革提包还在，就把车子前辖辘夹在裤裆间，矫正了车把。接着我把手伸进人造革提包里，我是想把手电筒摸出来，那天真是奇了怪，手电筒没在包里，我不记得我把手电筒拿出来了啊！我只好咬咬牙，继续往前骑，我倒是要看看，你到底能把我怎么着……

夜越来越深，越来越静，整个平原上，除了追随我的这团阴阴的鬼火，我见不到任何光亮。我只能隐隐约约地听到风吹过麦田时，麦穗摩擦发出的飒飒声。虽说我摔了不少跟头，牙也磕掉了，衣服也划破了，但我心没乱，我知道我穿过了哪些村庄，我能掐算出我大体到了啥地方。我发现了一个有趣的事，就是每次我穿过村子时，那鬼火就找不到了，我车子一出村，就能看到它在不远的地方等着我。这并不难理解，因为村子住的是人和牲畜，阳气重，那鬼火怎敢进来？所以我真不愿意走出村子，真想随便敲开一家的门借宿一晚上。可又一想，深更半夜的，你一个陌生人，人家谁敢留你？于是还要硬着头皮往外走。

不知不觉，路途过了一大半，离着黄花马还有十几里路时，又发生了一件事，这件事现在一想，都是惊心动魄。我车子前面的那团鬼火猛一下跳起来，缓缓地升到空中，接着朝我头顶方向飘来，吓得我忙停下车子，仰着脖子抬着脸，盯着那团比太阳还要大的鬼火，还好，它没在我头顶上停下，而是缓缓地飞到我身后去了。在我身后不远的地方，它呼地一下落下来，稳稳地停在路中间。我扭回头看前面，前面一片漆黑。它确实跑到我身后去了。我心里一下子变得没着没落，这让我更加害怕，它在前面我还能看得见它，它跑到我后面去，我不能扭着头骑车子吧。这实在没办法，硬着头皮蹬吧。

前面没了鬼火，我骑得比刚才快多了。我不时偷偷向后瞥一眼，发现我骑多快，那鬼火就飞多快，我一慢，它也跟着慢下来。它跟我始终保持着一样的距离。

难道它就这样跟到我黄花马，想认认我的家门不成？我心想，不管咋样，不管跌多少跤摔多少跟头，只要我人能囫囵着到家就成。我脚下用力，不禁加快了速度。但毕竟是漆黑的夜路，说不上撞在啥上面，就闹个车毁人亡。于是我想减速慢下来，却突然发现，车子慢不下来了。后面有一股力量推着它，越来越快，越来越快，要飞起来的样子。我一下子慌了神，心想肯定是身后那家伙搞的鬼。这是想置我于死地。我急忙打一下把，车子猛一拐，歪倒在地，我的腿撑一下地面，身子却控制不住，好像还被一股力气推着，正好路边脚下是一个斜坡，跌撞几下，一头向下扎下去。万幸的是，下面是一个水塘，我一头扎进水里。还好我从小凫水就好，我扑腾两下，把头钻出水面，看到那鬼火正静静地待在路边，像是正盯着在水里挣扎的我。我向下踩两下，水很深，竟然踩不到底。突然，脚下有股劲儿，就像一只大手似的向下拽我。我喊一声不好，猛踩几下水，身子向前一扑，一把薅住水塘边的一蓬草。我从水里爬出来，发现脚上的一只鞋子没有了，肯定是被那只大手拽跑了。

　　我爬到路上，摸到歪在地上的自行车，把它扶起来，正好车把。我盯着那团停在路边的鬼火，猛喊一嗓子：滚！那鬼火向后跳一下，又稳稳地停下来，一动不动。此时，我一点儿害怕的感觉都没了。我舞豸着胳膊，向那团鬼火追去。可我跑多快，那鬼火便退多快；我停下来，它也停下来。我累得气喘吁吁，它却还是那么安安静静。我只好又回到车子旁边，它也悄无声息地跟过来。我摇着头，真的是一点儿办法都没有了。

我浑身湿透，水滴滴答答往下落，就像一只落汤鸡。我慢慢地蹬着车子，狼狈极了。我明白，这是想把我往死里整。我也一大把年纪，那一刻，真是感到很累，多少年来，我从来没有这种感觉。我救过多少人，我自己也记不清。可我在这黢黑的夜里受过的罪，又有几个人知道呢？我正心灰意冷，路边隐约显出一座破庙的轮廓，心里不禁一兴奋。这是到王皇庄了。我大姑家就在这个村子里。这座破庙我太熟了，我小时候走姑家，净跟表哥他们来玩儿。这座庙香火旺过一段时间，一解放就不行了，“文革”时期给砸得稀烂，如今光剩下几间破房子和一些鬼啊神啊的传说。我小表弟家就住在村东头，每年过年串亲戚，我都要过来喝酒的。我心想，这下有救了。时间再晚，我敲我表弟家的门，也不用说太多。模样再狼狈，我表弟也能理解。我下定决心，朝后看一眼，那鬼火正挂在一棵枣树上，一副幸灾乐祸的样子。

我朝村子的方向骑去。我似乎能看到村子的轮廓。可我总有一种飘飘忽忽的感觉，好像这个夜晚是不真实的，这也许是太紧张的缘故。我小表弟家就住在村子最东头，是这两年刚盖的新房，所以我没进村子，就看到我表弟家高高的门楼，那对称的翘起来的飞檐，在黑影中就像两只牛角。敲门的同时我回了回头，果然，那鬼火没有了。我长喘一口气，吊在嗓子眼的一颗心终于落下来。

我继续敲门。

"谁呀？这么晚了。"过了半天，我才听到我表弟媳妇的声音。

"我，我是你表哥，黄花马的，方子棋，给人家去看病，遇到点事儿……"我尽量地说清楚，毕竟是深更半夜。

门一下就开了，悄没声的。我也没听到表弟媳妇的脚步声。

"是表哥啊，进来吧。"我表弟媳妇站在门口。她离我很近，可我还是看不清楚她的脸，她两条胳膊倒是雪白雪白的。

"表弟呢？"我边问，边提起车把，把前车轱辘推进门槛。

"他去县城贩牲口，没回来呢。"表弟媳妇低声说道。我表弟是个牲口贩子，这个不假。

我禁不住"咯噔"一下停下来。我表弟没在家，这深更半夜的，我可不能进。我这人思想还是很传统的。我第一个反应就是我不能进去。我愣一下，说："表弟不在家，我就不进去了。"说着，我提起车把就往后退。看到我向后退，表弟媳妇有些慌神，说："表哥，你跟我还见外呀。"说着，伸过手来就拉我的车把，却一下子攥住我的车铃铛。我又愣了愣，说："弟媳妇啊，深更半夜的，你赶紧回屋去吧，外面凉呢。"

我用力挣脱开表弟媳妇的阻拦，跳上车子，头也不回朝大路方向蹬去。我是不敢回头，我怕一回头，会看到一些乱七八糟的东西。我一边蹬车子，身子一边抖个不停，我觉得我浑身的汗毛都竖了起来。我一口气蹬出去很远，我都把鬼火给忘掉了。我累了，停下车子大口喘气，一回头，心又缩了一下子。我看到有两团亮光晃晃悠悠向我这里飘过来，心想，是不是鬼火又追上来了？可又觉得不像，你能觉得出来，这两团光亮是有温度的，不管它们离你有多远。果真，不一会儿，我听到了两个人的说话声。我心里猛地涌出一股春风化雨般的幸福感。原来，这是两个去东边水库照螃蟹的年轻人，他们住的村子离黄花马很近了。虽说我们不认识，可我一说我的名字，他们都知道。他们都喊我方四爷。他们说："方四爷，你的衣服咋全湿了？"我不好意思地说："一不小心，骑到水沟里去了。"他们哈哈大笑，那笑声在漆黑的夜里特别脆生。我悄悄地回头看一眼，我的身后，除了无边无际的黑夜，啥也没有。

两天后，我再去关庄给那个女人扎针，路上，我专门拐进王皇庄小表弟家喝了杯茶。我问表弟："前两天出远门贩牲口了？"表弟说："没有啊，这阵子牲口行情不对，赚不到钱，我就没折腾，一直在家闲着呢。"我点了点头，看到表弟媳妇过来倒水，就笑着说："前两天夜里去给人家扎针，骑到你村头，车子坏了，差点跑到你家里来。"表弟媳妇说："你咋不家来呢，你跟俺们还见外啊。"我笑笑说："我鼓捣两下子，车子又好了。"

你们说那天晚上谁给我开门的呀？那肯定不是我表

弟媳妇。是啥？妖精呗，就是那鬼火变的。我当时就看出来了。为啥？一是那天夜里多么静啊，她来给我开门时，我竟然啥声音也没听见。二是她拦我，一把抓住我的车铃铛，竟然一点儿声音都没有。我心想，大事不好，赶紧跑吧。当然，那个姜姓人家的女人，很快就好了。不过，那窝黄鼠狼子不知道搬到哪里去了，听说，姜家人再也没看到它们。

故事三　鬼门宴

实际上，这走夜路也不是光碰上些坏东西。这妖魔鬼怪跟人一样，有恶的，也有善的；有坏的，也有好的。当然，这取决于你，你对它坏，它便对你坏；你对它好，它也对你好。它们也跟人一样，它们也过日子，这日子呢，也未免不是磕磕绊绊疙疙瘩瘩。跟人起冲撞那是常有的事儿。但更多的，还是它们兽界魔界鬼界之间狗撕猫咬的龌龊。可有时候，这人也会一不小心搅和进去，弄得你哭不得笑不得。

为啥跟你们发这些感慨？这肯定是多年前的一件事

引起来的。那还是在"文革"初期，全国到处都是打打杀杀，大字报满天飞，今天这个领导倒了，明天那个权威一眨眼成了"牛鬼蛇神"。人们整天吃不饱肚子吧，劲头儿倒是大得很，满眼都是阶级仇恨的火苗，说不上烧到谁身上。那是个人人自危的年代。那时候我还年轻，不到三十岁，早就跟我爷爷学了一身的本领，给人家扎针看病已有几个年头，只是还没有多大名气。不过"文革"一开始，我一看风声不对头，赶紧把针藏了起来，装疯卖傻，不敢再给人看病，怕别人说你这是搞封建迷信。要是真有人贴你的大字报，那你这日子就不好过了。

话说当时有一个地方，却跟别的地方不太一样。哪里呢？我一说你们都知道，从咱们这里往东北方向五十里路，有一个青峰农场，从那里再向东就是渤海滩。那个地方人烟稀少，走二三十里路见不到人影。盐碱地多，到处都是黄须菜、红柳棵子和芦苇荡，因为这地方人少，所以才成立农场，开荒种地，也大多是种些葵花和大豆，即便是这些耐碱的农作物，也是长得稀稀拉拉，但人家这农场是国营的，那些种地的人多是公家人，有的还戴着个眼镜啥的，像是喝了不少墨水。论说这种地方，"牛鬼蛇神"该是不在少数，可那一年，这青峰农场却静悄悄的，一点儿动静都没有。别的地方都在憋着劲儿地闹着革文化的命，这里的人们却连门都不敢出，还搞哪门子斗争。啥原因？是这里出现了真的"蛇神"。有人在河边马路上遇到一条大蟒蛇，咱们这里把蛇叫长虫，你们知道青峰农场出现的那条长虫有多长？这么说吧，那个第一次遇到长虫的人是个赶牛车的，据说是个近视眼，戴着副眼镜，正赶着牛车往地里拉粪，看到前边路上横着一根树干，足有碗口粗。这伙计忙勒住牛，跳下牛车，嘴里骂骂咧咧地走上前去，抬起脚来就准备踹一下子，可毕竟戴着副眼镜，眼神还算好使，就猛地发现这树干在动，是在向前爬，又看到那河蚌壳大小的鳞片还闪着冷冰冰的光。当场便吓傻了，连滚带爬，拽起牛缰绳，扭过头就往回赶，回到农场部，眼泪一把把流，基本上不会说话了。人们这才发现，这伙计裤子全湿透，吓尿裤了。紧接着没几天，农场的人又目睹了狐狸搬家的奇观。几十只狐狸头尾相连，排着长长的队伍，动作都是一模一样，都是小心翼翼的样子，滑稽又可爱。它们并不怕人，它们朝盐碱滩的深处走去。农场的人反而都看傻了。接着就传出这样的说法：是巨蟒吞吃了狐狸，把它们撵跑了。当然，这样的说法无法得到证明，但很快，农场里的一头刚产下不久的小牛犊不见了。场里的青壮劳力兵分几路，找出去好远，也没发现小牛的影子。一头刚会走路的小牛犊能跑多远？这一下，农场的人才真的慌了神。接着有人说，是巨蟒吞吃了牛犊。据说是有人亲眼看到的，是谁看到的巨蟒吞牛犊？当然是找不出来的。

　　但这事还是引起了场长的重视。场长是一个老八路，是一个坚定的唯物主义者。以前人们神乎其神的传说他都不相信。他嘴里骂着街，举着鞭子把劳力撵到地里去劳动。但要想在晚上开个批斗会啥的，是绝对没几个人参加的。老八路气得呜呜叫，却没办法，在这个问题上，农场上下职工的态度还是蛮一致的。牛犊失踪事件发生后，场长有些信了，但不是信神信鬼，是信农场附近可能有大蟒蛇出没。于是他一边向上面报告了农场里最近发生的一串儿蹊跷事，一边成立了几个敢死队突击队，并且把农场里的钢枪大刀啥的全弄了出来。大伙戴着红袖标，扛着枪提着大刀，到处巡逻，寻找大蟒蛇。这一下农场的气氛更加紧张，学校停课，妇女老人不敢出门。场长整天黑着脸，坐在场部革委会里，亲自督阵。

　　真是功夫不负有心人。这一天，农场东南面的河边传来令人振奋的消息：突击队发现了巨蟒。那巨蟒的尾巴挂在河边的一棵红柳枝上，正把头探进河里喝水，竟然跟野生的红柳树一样高。场长蹬上自行车，立刻赶到河边，只见突击队员们都抻着脖子往河边看。这里离着河边还很远呢。场长也抻着脖子看，那棵高高的野生红柳倒是看到了，可大蟒蛇呢？场长没看到。大伙一见场长来了，纷纷跑过来，说钻进去了钻进去了。场长说钻哪里去了？树洞树洞！场长这才发现，这棵红柳有一半已经枯了，是一棵老红柳树，是野生的，有些年数了。场长点点头，黑着脸吩咐道：去两个人，回场部弄一桶柴油来。不一会儿，柴油弄来了，场长说：去，把柴油浇到树上去。场长仍然黑着脸，可没一个人动弹。场长左右看看，嘴里骂一声奶奶的，弯腰伸手，便把柴油桶提到手里，昂首阔步朝河边红柳走去，只见场长挥动胳膊，把一桶柴油泼在树干上，然后点起火把就引燃了大树。一套动作下来，干净利落，脸上毫无惧色。

　　大火把突击队员们的脸都烤红了。大伙不得不佩服场长，那举着火把的雄姿，不亏是从枪林弹雨中走出来的人。人们很快就看到一条长长的巨大的黑东西，身上还冒着烟，扭曲着身子朝河边爬去，爬着爬着，就不动了。"是大长虫，大蟒蛇。"人们高喊着，却没有人敢凑上前。

这件事轰动一时，就像插了翅膀一样，越飞越远，越传越神。一周以后，飞到了省里的报纸上，配了照片不说，还有人民群众赞扬场长的一首诗。这首诗我还能背：

青峰农场地偏远，
场长名叫李万权；
高举火炬意志坚，
挥手便把蛇神斩。

那条长虫到底有多长呢？有的说八米，有的说十米。当然，那是一个夸张的年代，大家喜欢把啥事儿都往大处说。但不管咋说吧，反正那是一条很长很长的长虫。

好了，你们肯定问我，你说了半天长虫，跟鬼有啥关系啊？当然是有关系的，要不我就不讲这些了。

　　话头转过来，就是大半年过去了。话说斩罢大蛇的第二年春上，场长病了。啥病呢？腰疼。犯起病来，疼起来哭爹喊娘的，那身子滚啊扭的，跟长虫爬似的，只把脑袋往地上撞，吓得别人不敢靠近。你说怪吧，这场长的脑袋只要朝着下面，腰再卡在一个硬东西上，就好受很多。人们传着说，这场长是得罪了蛇仙，你想想，那么大的一条蛇，早就成精了，你说斩就斩了，它能饶了你？再说，又是扭啊爬啊头朝下的，这还不都是蛇的模样？反正这事儿是越传越神。正好我一个姑父在农场伙房里干大师傅。他是个热心肠，便偷偷地找到我。为啥说偷偷地呢？咱刚才说了，那个时候到处破除封建迷信，有些人把扎针也当成封建迷信，弄不好就上纲上线，简直荒唐，但没办法。不是亲戚托，我是绝不去的。当然，还有一个原因，就是那时候穷，正是青黄不接的时节，给人家扎针，可讨几斤高粱米回来。还有一个原因是这个场长已经不是场长了，让人家反对派给打倒了，还整天挂个牌子挨批斗。这个人一直对我姑父不薄，我姑父这才偷偷来找我的，我到人家里，绝不能说是扎针的，就说是走亲戚。我姑父开玩笑说："你说烧死那条大蟒蛇干啥？那条蛇死了以后，他们这才敢出门闹革命的，好，把你权夺了，你不老实，就把你的命夺了。我们那场长天不怕地不怕，嘿，还就怕这个。嗨，这人呢……"

那时候自行车很少，我还买不起一辆自行车。正好我姑父赶着农场的马车，他是炊事员，是出来采购东西的，他已经把几斤小米放在我家的锅台上，说是场长专门嘱咐的。我硬着头皮也得去啊。我们走了整整一下午，天傍黑时，才来到农场。一路上没见到两个人影，全是一眼看不到边的盐碱地，有的地方荒草有半人深。我姑父边赶着马车，边跟我说："子棋，你可记好了路，回去的时候你一个人，还得走夜路。"我不住地点头。我对记路还是有把握的。我也不害怕走夜路。你们不免要问，你在农场住上一宿怕啥。说实在的，我还真怕。那时候出远门必须得请假，可我不能跟生产队长请假，一请假就露馅了，要是知道我收了人家小米，那还不得割我的尾巴。我肯定会被挂上牌子挨批斗的。那天下午我就是偷跑出来的，要是我不能连夜赶回家，事情就麻烦了。我必须得连夜赶回黄花马。

农场毕竟是农场，国家建的地盘，就是不一样。最起码比普通的村庄多了几排红砖瓦房，街上也干净，再看人家墙上的标语，字写得有劲儿，漂亮。我跟随着我姑父，直接来到那个老场长家里。顾不上吃饭，忙给老场长号脉。给老场长号脉的时候，他的一个动作我还记得清清楚楚：他把身边一块牌子迅速地翻过去。他怕我看到上面的字，实际上我早就看到了。上面写的是"打倒走资派李万权"，是挂在脖子上用的。

老场长果然脉象很乱，又看到他精神不振两眼无神面色青紫，还一个劲儿长吁短叹，我心里便知八九。这老场长生的是心病，再加上害怕，心里揣着一团窝囊气，出不来。气是那么好生的吗？生气让人体虚，那些邪气阴风的会乘虚而入。你说与那大长虫有没有关系？肯定是有啊。那么大的东西能随便惹吗？躲还来不及呢。

心病还得心来除。我便开导他，说没啥大不了的，我估计扎上三次针就没事了。但说实在话，我心里可没底儿，最难治的就是这心病。常言道：表好治，里难痊。这天夜里，针倒扎得蛮顺利，但不知道为啥，我心里却总觉着哪儿不对劲儿，一时又说不出来。然后我便洗手吃饭，吃的是玉米面窝头，就着虾酱。酒？哈，那时候哪有酒啊，能吃顿饱饭就不错了。不过，别着急，你们往下听，后边会有酒喝的。

　　且说离开老场长家时，已是夜里八点多钟。我告别他的家人和姑父，约好三天后再来，便离开农场，走进荒野。临走，姑父递给我一盒火柴。我说不用。姑父说拿着吧，说不定能用得上。

　　我记得那天天气不错，头顶上的星星密密麻麻的，还有一钩弯月。夜黑得也并非伸手不见五指，向远处伸去的路辙还泛着光泽，挺明显的。夏天快到了，天不冷不热，万物都在生长。我的心情也渐渐好起来，刚才在那人家中，气氛太憋闷，都喘不过来。还是野地里好！我提着包，脚下生风，走得飞快。我想我这速度不比马车慢，夜里十二点到家没问题。为了排解孤单，我还哼哼起《沙家浜》来……

　　我走了好长时间，身上的汗一个劲儿朝外冒，加上吃的虾酱有点咸，嗓子眼口干舌燥，最后悔的是没带上点儿水。离农场最近的一个村子，是二十多里外的孟店，我估摸着快到了，可抻头向远处看，前面还是一片黑乎乎，听不到一声狗叫，看不到半点灯光。我心里不禁嘀咕，不会走错路吧？要是走错了路，还不得走到海边去啊。我还在跟自己开玩笑。可我知道我不会走错路，这条路岔路口很少，有限的几个岔路口，我在来时的路上都在心里做了记号。我记住了一些大棵的野草和大块的土坷垃，每到一个路口，我都要划一根火柴，它们都还是那个样子。可就是看不到孟店的影子。

心里焦急，步子也越来越快，嗓子眼冒烟，京戏也不哼哼了，只顾低着头向前走。走着走着，猛一抬头，看到远处一片红彤彤的火光，侧过耳朵，隐隐约约能听到锣鼓的声音。我心里不禁一喜，两条腿如同装了弹簧一般，心想肯定是到了孟店。

火光越来越近，是树枝子和高粱秸燃着的几堆篝火，有人影晃来晃去，好像是正在唱戏。这我一点儿都不意外，那时候村子里经常唱戏唱到很晚，全是样板戏，《红灯记》《智取威虎山》《沙家浜》，好不热闹。我朝那几堆火走去。我并不是想听戏，而是口渴得厉害，想讨口水喝，接着上路。透过火光和人影，我好像模模糊糊地看到不远处村庄的轮廓。这唱戏的地方，像是村外的轧麦场。

走近点一看，才发现这里太热闹了。戏台不大，有两个人正站在上面咿咿呀呀地唱，一招一式、一板一眼，都像那么回事儿。拉胡琴的、敲锣打鼓的，都坐在戏台下面，摇头晃脑，很入戏。让我觉得不对劲的是，他们唱的好像不是样板戏，而是我最愿意听的《四郎探母》。我仔细一听，没错，确实是《四郎探母》，这让我大吃一惊，心想，这个村子的人简直太牛了。再往戏台那边一看，更是吃惊，场里足足摆了十几张桌子，老人、妇女、孩子都有。桌子上摆满了菜，人们正在大口喝酒，边听着戏边谈笑风生，孩子们笑闹着，在桌子间追追打打、跑来跑去。人们像是正在庆祝啥喜事或是节日的。我仔细想想，这一天啥节日都不是，那就是有喜事了。

我正站在那里犹豫。我害怕我从黑灯影里一出来，冲了人家的喜。正掂量着是否过去，却被一个眼尖的姑娘看到了。哎呀，这个姑娘长得真漂亮！这么多年过去，我还能记得她的模样，跟从画里走出来的一样。她看到我站在场边，朝我一笑，便走到一个留着白胡子的老头身边，笑着低头说了两句啥。白胡子老头站起来，朝我这边走过来，带着满脸笑容。我只好往前迎两步，很不好意思地说："打扰了，我路过咱们村，口渴得厉害，讨杯水喝就走。"老人抱拳道："我们这么偏僻的地方，难得有客人路过，来来来。"说着，老人拽着我的衣袖，把我让到桌前。

我的出现，引得人家都朝这边看。我发现这里的人精神头儿都很好，在火光的映照下，大家都笑得很热情很单纯，个个都是面色红润，没有一个是吃不饱肚子，营养不良的模样。再看这里的姑娘，个顶个的漂亮，让你看一眼还想看第二眼。我白天路过孟店时，没注意这里的姑娘有多出色啊！

"请坐请坐。"白胡子老头热情让座，我也只好坐下来。刚才发现我的那个姑娘，已经把一碗茶端到我眼前。我实在是渴急了，也顾不得客气，接过碗来一口气喝干，咂摸咂摸嘴，甘甜，还有一股清香味儿。

"小伙子，你贵姓？这么晚了，你这是要去哪里？"老人问我。我说我姓方，便把去农场给那个老场长扎针一事，一五一十给老人说了。

没想到老人听罢，一把攥住我的手，说："原来是方医生方郎中，哎呀，不得了。你知道你要救的那个老场长，他对我们好呀，他是我们的恩人啊。我们住的是农场的地盘，这么多年，他一直护着我们，古人说，靠山吃山靠水吃水，我们靠着农场只能吃农场。去年那个大长虫闹事，吓得我们人心惶惶，我的一个孩子就让大长虫给吞了，我们住得偏，真是叫天天不应叫地地不灵。后来才听说，还是老场长为我们报了仇雪了恨。前段时间，我们准备着去支援农场搞生产搞建设，却听说老场长被一些年轻人轰下台了，天天挨批斗。你说这场长干得好好的，咋又变成这个样子了呢？没想到老场长又病了，肯定是让那帮家伙气病的。你去给老场长治病，你就是我们的恩人。"

白胡子老人越说越来劲，猛地站起来，说："孩子们，都过来，这位方医生去给农场的老场长治病，路过咱们这里，老场长为咱们报仇雪恨，是咱们的恩人，方医生为他治病，也是咱们的恩人，恩人来了，咱们敬酒！"

我根本来不及说别的，那些漂亮的姑娘一拥而上，这个攥着我的手，那个端着酒杯说："恩人，喝吧，酒是俺们自己酿的，不醉人的。"但是，酒不醉人人自醉。这么多漂亮的姑娘，那小手软软的，哈出的香气都能喷在你脸上，你拒绝得了？那酒也好喝，甜甜的黏黏的，又纯又香，根本容不得你想别的。又有人端过来烧鸡和烤野兔，那味儿香得，哎呀，那顿酒饭我是一辈子都忘不了了。说实在的，那年月，这酒啊肉的，一年到头也喝不上吃不上一次半次的，何况又做得那么香！开始我还头脑清醒，还惦记着回家，心里想拔腿，可嘴不愿意。后来脑瓜子一晕乎，就把啥都忘了。

不过，我还记得我跟白胡子老人说："你们孟店生活真好，有酒喝有肉吃，唱戏唱的也是我最喜欢的《四郎探母》，不用唱样板戏，真厉害。"老人听罢，哈哈一笑说："我们这地方，天高皇帝远，像革命啥的那些新玩意儿，咱们可弄不明白。不过方医生，我们这个地方叫胡庄，这里不是孟店。"

胡庄？我从没听说有个胡庄啊。可我又不好直说，就问："这里离孟店还有多远？"老人说："不远，再往那边走五六里路，就到了。"老人这么一说，我就放心了。老人还说："虽说我们两个村离得近，却是天壤之别。"我说："那是当然，孟店咋会有酒喝有肉吃？"

那天夜里，我喝了多少酒吃了多少肉，真得记不清了。最后，我只记得我被两个漂亮的姑娘挽着，她们一个攥着小拳头为我敲背，一个伸出小手划拉我的胸口，她们还偷偷笑，在通红的火光中，她们的大眼睛水汪汪的，跟会说话一样。她们把我放在一堆干草上。我躺下来，脑袋一挨干草，就啥都不知道了。

我是被冻醒的。起风了。风声叫着，像吹哨子一样。天上已经没了星星，东边透出淡淡的鱼肚白。我坐起来，有些头疼。周围还是黑乎乎的，身边全是半米高的荒草。我想起昨天夜里的篝火、漂亮的姑娘、香醇的美酒，还有白胡子老头。我扭着身子转了一圈儿，可周围除了荒草，啥都没有。我看到不远的地方，就是那条不宽的马路。难道是一场梦？我是不是走累了，躺在路边睡着了？可哪有如此清楚的梦？我打了个饱嗝，喷出的竟是酒气。我在老场长家可没喝酒啊。我转着圈儿找了半天，也没找到昨天夜里的一点儿痕迹。戏台、草木灰、桌椅板凳，啥都没有。只有越来越大的风。

　　我来到路上，顺着风，听到远处传来了鸡打鸣的声音，接着又听到狗叫声。我明白，那是孟店的方向。我心里猛的很难受。我拿出火柴盒，掏出火柴棍，撒在路边，心想，过两天我反正还要打这里过。这个胡庄我还得找一找。

　　可这条路我以后再也没走过，因为我再也没去过农场。一天后，我姑父捎信给我，说不用去农场了，老场长已经死了。上吊死的。再后来我问姑父，说孟店附近有没有个胡庄。姑父把头摇得跟拨浪鼓似的，说根本就没有啥子胡庄。后来我有些明白，胡庄的"胡"是不是狐狸的"狐"？我越来越相信我的猜测，那天夜里，我遇到的就是一窝狐狸。要果真是这样的话，那就该叫鬼门宴了。但这鬼门宴，可比人间的宴会，不知道要强多少倍了。

故事四　鬼同行

前几天给你们讲的那个故事里，提到一条大长虫，有八九十来米长。实际上像长虫这东西，它厉害不厉害，跟大小没关系。那跟啥有关系呢？颜色。咱们听《白蛇传》，知道白长虫比青长虫厉害。当然了，比白长虫厉害的还有很多，颜色越鲜艳越惹人，长虫越厉害。还有就是家里的长虫和地里的长虫也是不一样的，家里的长虫要厉害得多。这都是老一辈子传下来的说法，这可不能不信。

但就是有人不信这个邪，西边的南道口村有个劁猪的，姓张，得过小儿麻痹症，腿脚有点儿瘸，走路拐拉拐拉的，人们都喊他张拐子，长得凶巴巴，人极好强，骑自行车风风火火，车把前拴一根铁丝，挑着一块红布头，整天走街串巷劁猪为业。

那一年夏天，张拐子刚给人家劁完一头猪，正站在院子里喝一瓢凉水，突然这家的女人叫喊着像个皮球一样从屋里滚出来，嘴里喊着："长虫长虫！一条长虫从屋梁上掉下来！"本来没他张拐子的事，但这个人争强好胜，拐拉着腿就钻进人家屋里，眨眼的工夫提出一条长虫来。这条长虫足有一米长，通体金黄，三角脑袋上顶着一团火红。只见张拐子提着长虫尾巴。那长虫头朝下，吐着信子仰着脖子还想往上翻。张拐子龇牙咧嘴地笑着，看到别人吱哇乱叫吓得向后躲，他耍起飙来，把手里的长虫抡得呜呜响，听到别人尖叫，他心里更是高兴，伸出另一只手，攥着长虫的身子向下使劲儿一撸。那长虫便酥了骨头，耷拉了身子。这还没完，张拐子正玩在兴头上，他从腰间"唰"地拽出劁猪用的小刀，把长虫向上一提，手起刀落，只见那三角形的长虫脑袋骨碌碌滚出去好远，这人家养的四眼豺狗"呼"一下蹿过去，一口便把长虫脑袋吞进肚里。

张拐子倒是一时痛快了，可他哪知道这后患的厉害。这金黄色的家蛇是咱们平原上最厉害的生灵，咋能轻饶得了他？没出一个月，张拐子的儿子放学回到家，一进院子，猛地看到他爹光着膀子，两腿绞着，夹着槐树的树干，头朝下那么挂在树干上，那舌头还不时地伸出来卷两下。他儿子问："爹，你这是干啥？"过了半天，张拐子才从树上下来，对他儿子说："爹头疼，这样挂着好受。"他儿子也没当回事儿，就没跟他娘说。没过两天，他老婆睡到半夜里，让尿憋醒了，睁开眼，黑灯影里觉得头顶上有个东西在晃悠。他老婆知道头顶上是一根梁，平时上面挂个干粮筐子啥的，可这一天夜里，她感到不对劲儿，干粮筐子哪有黑乎乎的这么一大团，于是拉开灯一看，竟是张拐子。两条腿缠在梁上，头朝下挂在那里。可把他老婆吓个半死，说："拐子拐子，你这是咋了？"忙把他慢慢地扶下来。张拐子哭了，哭得呜呜响，这么要强的一个人，哭得呜呜响，说："孩子他娘，你把我脑袋割下来吧，我脑袋疼得受不了，你割下来我就不用头朝下这么挂着了。"张拐子一边哭，一边把脑袋往墙上撞，咣咣地撞。他老婆也哭了，说："他爹，这到底是咋回事啊？"张拐子便把得罪长虫的事情跟老婆一五一十地说了。

张拐子他老婆的一个姨是我的一个远房嫂子，这不就找到了我，说："老四，你赶快救救这个拐子吧，可怜着呢，整天要死要活的。"我啥话都没说。能说啥？我真不敢保证能救得了他。不管咋说，先去看看吧。

这天到了南道口，已是掌灯时分。灯光底下，张拐子正扒着炕沿趴在那里，光着膀子，头朝下耷拉着，嘴里不停地哼哼着。听说我来了，费了半天劲儿才抬起头。我一看人，面色灰暗，目光呆滞，已被折磨得不成样子。我摆摆手，让他别动。说话间，我猛地伸出手，用劲一拽他的那根瘸腿，只听张拐子哎哟一声，后脊梁骨竟忽地就隆起一道高高的坎，好像还在扭动的样子，粗刺刺的肉皮下，像是藏着一条长虫。我不禁倒吸一口冷气。

扎针的时候，果然动静不小。我先是扎的脊椎骨两边的穴位，那张拐子的肉皮厚得跟长虫皮一样，身上也如同乍了鳞片。天又热，不大工夫，汗水已经湿透我的衣服。正扎着，挂在梁上的干粮筐子"咣当"一声掉在地上，原来是绳子断了，窝窝头滚得满地都是，他老婆和他儿子两个人撅着腚追窝窝头；他儿子一不小心，撞倒放在地上的暖水瓶，"砰"一声响，热水和玻璃碴溅了一地；他老婆一个耳光扇在儿子脸上，"啪"一声，又脆又响，他儿子一脚踢翻凳子跑出屋去，那踢翻的凳子又正好砸在尿罐子上，稀里哗啦，噼里啪啦……

旁边再热闹，我却如同没听见一样。心想，有点儿动静是好事，说明我的针起作用了。我最怕的就是没有任何动静。想到这里，我心里挺惬的，觉得自己坐在那里，就像个佛爷似的。我又在他的头上扎了十多根针，然后坐直身子，深深吐一口气，才站起身来。这时候，他老婆已经把地上乱七八糟的东西收拾妥当了。

我来到外面洗手。一道闪电过后，紧接着是滚滚雷声，刚才天还是好好的，一路都是火烧云，这才多大工夫，变天了。不过转念一想，夏天嘛，就是小孩子的脸，说变就变。这么多年，风里来雨里去的，我遇得多了，因此我没再多想。张拐子的老婆已经把饭菜准备妥当。一盘西红柿撒白糖，一盘蒜泥拌茄子，一盘黄瓜蘸面酱，还有一碟小葱拌豆腐。这家的女人还有些过意不去，搓着手露出不好意思来。我连说几个好。白的白红的红绿的绿，确实好。只要有一壶酒，这些小菜足够了。我知道这家人日子过得艰难，劁猪的能挣几个钱，再加上给拐子治这病，估计钱都搭进去了。这家女人又说："方四爷，你看，我也不会喝酒，也不能陪你，要不，我去喊个人来？"我摆摆手说："你忙你的，我自己喝就是了。"心想，拐子这个样子，谁还敢进你家的门？我倒是满不在乎，该吃就吃，该喝就喝。屋外电闪雷鸣，不过是我的下酒小菜罢了。

夏天夜短，给张拐子扎罢针，已经到了夜里十一点多。雷声轰隆半宿，也没震下雨来，这时候雷声很小了，在很远的地方呜隆两下子，跟老母猪打呼噜一样。可我刚一出西道口村，一个响雷便在我头顶上炸开了，炸得我脑瓜子嗡嗡响，就像是专门等着我。接着倾盆大雨便砸下来。我来的时候天好，没带雨衣，不过这样的大雨，带不带雨衣都是一个熊样。没过多长时间，车子便骑不动了，我只好下来，把鞋子脱下来，扔到前面车筐子里，挽起裤腿，推着车子走。那烂泥巴能淹到我的脚腕子，那车轱辘推着推着就转不动了，我只好停下来，拿根树枝往下扒拉泥巴。

我冒着大雨一路向东，心里觉摸着不远处就是马颊河河堤了。我得爬上河堤，沿着河堤向南再走三里多路，过一座桥，翻过河那边的大堤，再走几里路，才能到黄花马。

就在此时，透过"哗哗"的雨声，我好像听到一个女人在哭。我停下来，侧耳仔细听，确实是一个女人的哭声，好像就在路边。这黑灯半夜的，下这么大的雨，咋会有女人的哭声？周围黢黑，啥都看不见。我忙拉开人造革提包的拉链，掏出手电筒。还好，手电"唰"一下亮了。路边的草棵上，果然瘫坐着一个女人。她一见有人，就喊："大哥，快救救我吧。"她披着一件长长的绿雨衣，头发全湿透了。我看到这个女人年龄不大，也就是三十来岁，模样挺俊，像个城里人。

"这么晚了，下这么大雨，你坐在这里干啥？"我晃晃手电筒，问她。

"大哥，我是河那边黄屯的，嫁到天津去了，这不老娘病了，我从天津赶回来，坐公共汽车坐到高湾镇，天就黑了，路不熟，走迷路了，遇到这么大的雨，又崴了脚，真是叫天天不应啊，我坐在这里哭了半天，一个人都没有，大哥，可算碰到你了。"

这个女人说得有鼻子有眼，我信以为真。我停好车子，拿着手电来到她身边，说："让我看看你的脚腕子，崴得厉害不厉害？"我是个土医生，给人家看病看惯了。我根本没想别的。可话音刚落，我的手电唰一下黑了，我接连拍几下，它也没再亮起来。手电怕水，这个我知道。我站在那里叹一口气，心里话，不能扔下一个女人不管呀，就说："来，我扶起你来，你坐到我自行车上，我推着你走吧。"我抓起她的一条胳膊，向上轻轻一托，她就站起来了。我心想，这个女子好瘦啊，都觉不出胳膊上有肉来。这个女人说一声多谢大哥，没想到一下子把头靠在我肩膀上，可把我吓坏了，我浑身一哆嗦，本能地朝外推了一把。这时候我还没怀疑她是女鬼啥的，关键是除了我老婆，再没有另外一个女人靠过我的肩膀头。好在自行车就在跟前。

　　本来我以为这个女人又瘦又轻，坐在车子上能有多重？我可想错了，平时路好确是如此，可下着大雨，又是黑夜里，就不是这么回事了。没想到后座位这么沉！我弓着腰，撅着腚，双手紧把着车把，蹒跚着一步一步向前走，却还是一个劲儿打滑，所以我腰也扭着，腿也趔趄着，累得大口喘气，呼哧呼哧像头老牛。这还不说，还摔跟头，脚下一别，手没持住劲，车子啪一下就摔在烂泥里。我自己一个骨碌栽出去倒也无妨，你别忘了后边还有一个弱女子。不过这个女人倒是挺禁得住摔的，摔倒了也不吱声，只是自己悄悄地站起来，等我扶正车子，她再慢慢坐上去，嘴里还说着："大哥，给你添麻烦了。大哥，让你辛苦了。"我一个劲地说没事，说就是怕摔坏你，你的脚还崴了。可我这是硬撑，怕这个女人笑话我，尤其是上河堤的时候爬那个斜坡，连摔两个跟头，有一个一下子滚出去好远，我趴在泥水里半天没动，觉得脖子被折断了一样。雨还在下，那个女人还问："大哥，你没事儿吧？"声音娇滴滴的，让我不好意思说出坚持不住的话。我想到刚才手电光下那张漂亮的脸，心想这在城市里待上几年就是不一样啊，你听听，多会说话，声音还好听。于是我又咬着牙站起来。

等爬上河堤，雨突然停了。我真的是累成草鸡了，也不管面子不面子，把车子一扔，一屁股歪在地上，大口大口喘粗气。我浑身湿得像落汤鸡，骨头架子跟散了一样，一阵一阵地疼，不用说，明天一照镜子，肯定是鼻青脸肿。我正想着，车子冷不丁地砸过来，像是有股力量推了它一把，要不劲头咋会这么大，咣当一下子砸在我腿上，疼得我一挺身子，车子把一家伙砸在我脑门上，我脑袋瓜子"嗡"的一声响，差点晕过去。不过，在我眩晕的同时，我猛地听到嘿嘿的两声冷笑，是女人的笑。我心里一惊，我想我是不是听错了？可我确实没听错，就是这个女人的两声冷笑。我的脑瓜子虽说被重重地砸了一下，却一下子惊醒过来。我说刚才手电好好的咋会突然不亮了呢！肯定是因为我想看她的腿脚，大伙都知道，鬼是看不见腿的。

我忍住疼，装作没啥事儿。我爬起来，在黑影里扶起车子，一边跟那个女人说你没事吧，一边摸索着把手探进皮包，把针攥在手里。这个女人倒会说话，说没事啊大哥，你看，可把你害苦了。我心想，确实把我害得不轻。我已经拽开白布，把几根针捏在手里，我悄悄把针放在嘴唇上，猛一回头，朝那女人就喷射过去。果不其然，只听"哎呀"一声，一道火光蹿向天空。眨眼间，天空好像亮堂了些，我抬头看天，竟然看到几颗星星。我跺跺脚，脚下的地竟然是硬邦邦的。果然是遇到鬼了。不过，我仔细看看四周，自己确实是站在河堤上。这时候，一身大汗忽地涌出来，撞在我湿冷的衣服上，冰凉冰凉的，而身上疼得更是厉害。

越想越后怕，你说这么黑的天，要是这鬼从后边勒住我的脖子，不就完蛋了吗？正浑身冒着冷汗，听到有人骑着车子沿着河堤朝这边赶过来，嘴里还哼哼着"东方红太阳升"，我怕把人家吓着，忙咳嗽一声。那个人停下车子，说："谁啊？这么晚了。"我说："黄花马的方子棋方老四，给人家看病去了。"那个黑影笑了，说："哎哟，原来是方四爷，吓了我一跳。我是黄屯的黄山，外号大黄鳝。这不是七爷过去了嘛，我给几个姑奶奶送信去了，蹿了好几家，又赶上下大雨，蹿到这个点了。"我的心一下子放下来，黄山这个人我听说过，好像是柳条筐子编得不错。于是我也骑上车子，和黄山一块儿往前走。边骑边说着话。

"那边也下雨了？"

"下得可大，你看我衣裳都湿透了。"

"这天也怪，你看这边，没下雨不说，还满天的星星。"

"夏天这天，就是孩子的脸，一会儿哭，一会儿乐的。"

……

我想把我刚才遇到的事情跟这个黄山说说，又怕吓着人家，就没说。两个人赶路就比一个人快，说话间，该下河堤了。

我们下来河堤，来到桥边一看，却傻了眼。河水倒是看得清楚，白花花一片，可桥身看不到了，只见到两排水泥栏杆立在水中。原来，大水漫过来，把桥身淹了。这种情况原先倒是有过，可今天这雨，没觉得有这么大呀？

"可能是远处的雨大。"黄山说的有道理。

"奶奶的，豁出去了，反正裤子早就湿过了。"黄山骂着，推着自行车就走进水里。

"方四爷，水很浅，刚漫过桥板，来吧，走啊。"黄山有些兴奋地喊我。

我的心确实动了，心想，黄山能过我也能过，要不，只能再向前骑上十多里路才有另外一座桥。我撸胳膊挽袖子，推起车子就要往水里去。可我心里总有点疙疙瘩瘩的感觉，总感到哪个地方好像不对劲儿。我站在河边犹豫了一下，接着蹲下身子，仔细地看黄山的两条腿，可怎么看都看不清。天这么黑，这倒是情有可原。可毕竟离得不远啊，论说应该能看出个轮廓来。于是我说："黄山，我看不清楚水有多深，你抬起一条腿来，我就能看清楚了。"

"四爷，你还不相信我吗？水深的话，我还能让你下来？"

"我年龄大了，腿脚跟不上，哪像你们年轻的。你抬起腿来，我看一眼就成……"

可我无论怎么说，他就是不抬腿。实际上这时候，我已经把两枚银针含在嘴里。我运足全身的力气，"噗"一口朝河里喷射出去，眼前的感觉就像是一堆气泡都瘪下去一样。哪有啥桥栏杆？哪有啥狗日的黄山？只有白花花一片水。我抬头一看才发现，真正的桥就在不远处，桥身离水面还有好高呢！

真悬哪！他们这是真的想把我往死里弄啊！就因为我给他们的仇人治病。好在我福大命大造化大，躲过了他们一次又一次的阴谋诡计。我才不怕呢。还好，那个张拐子的病尽管费劲不小，最终还是治好了。每年过年，他和他老婆都要提着大包小包来给我拜年。当然，这些事儿，我是不会跟他们说的。

故事五　鬼影过

大哥这病，也稳定下来了。多扎一次针少扎一次针，我看也就这样了。我这针，也主要起个辅助作用，还是要慢慢养，听人家医院的，咱得相信科学吧。今天咱再扎这一次，将来有啥新情况，你们再跟我说。我再来。嗬，这酒还真厉害，今天得少喝点儿，嗓子疼。这故事啊，讲，讲个短的；不讲吧，你看孩子这眼神儿，眼巴巴的，盼着听呢。那咱就讲个短的。

给人家去扎针，肯定是走夜路，咱一个平头百姓的，白天还得干农活，前些年，还得在生产队里挣工分呢，那时候也不允许你到处去扎针，所以，都是乡里乡亲地找我的人多，偷偷地，大队干部也是睁一只眼闭一只眼，反正你是下了工以后。所以那些年不走远路，可话又说回来，不走远路，也不见得遇不上鬼。

就说那年冬天吧，我们村东的老五叔犯病了，喘不过气来，脸憋得跟茄子一样，酱紫酱紫的。快过年了，家里人怕他一口气上不来，挺不过去，全家人过不好年不说，亲戚啥的也跟着麻烦。就把我请过去，我家住在村西，到五叔家最多一里路。那天正好是个阴天，不时有小雪花飘下来，本来我是想吃过晚饭再去五叔家，五叔的儿子三牛哥非得把我拉过去，说你看你看，下个小雪，喝个小酒，吹个小牛，过个阴天，多恣。我差点乐了，心想好像不是你爹生病似的。

我来到五叔家，先给五叔扎上针。然后坐下来，烤着火盆，喝着小酒，跟三牛兄弟胡吹瞎聊。老五叔喘气就跟拉风箱一样，有时候喘着喘着，猛地没声音了，大伙也不吱声了，忙扭头盯着五叔看，过了半天，那风箱声又一下子又忽哒起来，大伙也给憋得脸红脖子粗。不过我心里明白，五叔这是老毛病，盯紧了死不了人，只要熬过冬天去，又是个一年到头。

不知不觉，一瓶老白干见底了。脸红脑热，老五叔的喘气声进到耳朵里，也不那么大了。出来撒尿，看到地上落了一层白纸那么厚的雪，踩过去，回头一看，两排脚印整整齐齐的，跟画上去的一样。给五叔起罢针，酒也足了，时间也不早了。三牛哥送我出来，非得把手电塞进我手里。好意难却，我只好拿着，其实他不了解我，我走夜路那么多，我很少用这玩意儿。我一拐出胡同，便把手电灭掉，放进兜里。这样多好啊。村子真静，一丝儿风都没有，稀稀拉拉的小雪花飘着落着，房子、树木、粪堆、柴火，一动不动，都落上一层白白的薄雪，只有我脚底下发出轻微的咯吱声。身上的热乎气也让冰凉的雪花带走了。

我嘴里哼哼着，不知不觉就来到我家胡同口，我家住在胡同中间，胡同南头这边是街，胡同北头那边是一条河沟子，过去河沟就是枣树林和庄稼地。我来到家门口，拧着门上的铁环，正准备打开院门的销子，扭头看到一个人影走过来。这个人低着头弓着腰，戴一顶棉帽子，看上去穿得挺厚的样子，走得挺快。我想这是谁啊这么晚了，眼瞅着到跟前了，推门进去也不好，肯定是左邻右舍的，得打个招呼。我就这么伸着胳膊扭着头站在门口。可是，这个黑影从我眼前走过，就像没看见我似的。我奇怪啊，心想，他肯定看见我了，干吗不理我呢？更重要的是，这个身影咋就这么熟呢？我一下子想起来了，这不是大鹏哥吗？他肯定是回家来过年了，要不他不理我呢，他好几年回不来一趟，不熟啊。大鹏哥可是个人物，他是我们村第一个大学生，分到省城一个大学里教书。我小时候净跟在他屁股后面玩儿，村里年龄差不多大的中间，我们俩关系最好。大鹏今年回来过年，我很高兴啊，抽空找他吹吹牛去。我禁不住朝黑影跑了几步，嘴里还喊着："大鹏哥，你回来过年了？"可是这个黑影不但不理我，好像走得更快了。这就怪了，难道我看错了？这也说不上，虽说下着雪，光线有点白，毕竟是深更半夜的。但即便你不是大鹏，你也该扭头跟我说句话啊。难道是小偷？也不像。我不管那么多了，我紧跟着那个黑影，我要看看你到底是谁。

我眼瞅着他拐出胡同，我也跟着拐出来。嗬，不远处的枣树全被雪给裹住了。我看到那个黑影，我眼瞅着他走进了河沟边的那个茅房。我心想，看你还往哪里去。我打开手电筒就跟了进去，茅房不大，我举着手电照了好几圈儿。

哪有什么人？！

我的头发"唰"一下全竖了起来。我走出茅房，不敢回头。因为你若是真的遇见鬼，你是不能回头看的。我来到胡同口，拿手电朝胡同里一照，吓得我差点尿裤子里。

我看到胡同里，只有两排脚印，是我自己的两只脚走过来时留下的脚印，整整齐齐的，跟画上去的一样。其他地方，什么都没有，薄薄的一层雪，像纸一样平。我大叫一声，蹿进胡同，朝我的家跑去。

这件事情尽管是发生在家门口，却差点要了我的命。回到家，我蜷在被窝里哆嗦了半宿，天快亮的时候开始发烧。这一烧可好，一直烧了一个月，过了年以后，才慢慢好起来。过年的时候，全村人都来看我，唯独大鹏哥一家人没一个来看我的。不是谁来看我，我就记得清楚，是我想问问大鹏哥的一些情况。后来，当我烧退下去，能够坐起来跟别人一起吃饭说话时，他们才告诉我大鹏哥过世的消息。我问是咋死的。大伙都摇头，是人家家里人不说呢，接着又把嘴放到我耳朵上，悄悄地说：听说是犯了错误呢。

三牛哥也来看我，嘿嘿笑着说："你五叔好着呢，要这个吃要那个吃的，比咱都能吃。"

名医之死

时光过得真快，三十年恍惚间，一去不复返。不论是这个世界，还是个人，都发生了太多的事情。爷爷奶奶早已离我们而去，我们全家也早已离开那个村庄，来到省城生活多年。我也变成了一个中年人，整天泡在那些无聊的酒场饭局上，说些言不由衷的话，脸圆了腰粗了，还吃出了高血压和酒精肝。故乡似乎离我越来越远了，很少有时间能想到那片平原。

这一年春节过后的老乡联谊会上，我和一个叫崔小新的人坐在一起，他在公安局工作，是部队转业干部，酒量大，人热情，爱说爱笑的，年龄也差不多，于是我们俩聊得挺多。我问他老家是哪个村的。他说是黄花马的。我当时愣了一下。紧接着，我一下子就想到了名医方子棋方四爷。如同雷鸣闪电一般，那些三十年前的事情又突然清晰地呈现在我眼前。我记得方四爷最后一次给我爷爷扎完针，在我们家院子里，扶着自行车跟我们全家告别的时候，我鼓足勇气走到他跟前，问了他一句。我问："爷爷，你给我们讲的这些故事，都是真的吗？"方四爷一听，哈哈笑起来，摸了把我的头发说："当然是真的，那些乱七八糟的东西，都是我走夜路遇到过的，咋能不是真的？"我记得那天晚上，我踩着梯子，爬到屋顶上，我瞅了半天天上的星星，又把目光拉向黑夜中的远处，我感到有一股力量在我身上集中，我想大喊一声，可又怕招来那些"乱七八糟"的东西。

　　我端着酒杯有些走神。崔小新跟我碰杯。我问他："那个扎针的方子棋方四爷还健在吧？"崔小新的眼睛里一下子闪出光来，说："你还记得方四爷？你跟他是亲戚？"我笑了，说："哪是什么亲戚，我小的时候，他到我们家给我爷爷扎过针治过病。"小新点点头说："四爷的针扎得确实好，人也好说话，爱喝酒，有求必应，唉，可惜，好人难有好报啊。"我心不禁一沉，问："怎么回事儿？"

听小新一说，我这才知道，四爷最后的结果也不好，跟另一个名医王不一的死如出一辙。也是被人家让棍子砸死的。可是，王不一是摸了人家的女人，让人家男人打死的；而四爷一辈子疾恶如仇，驱魔打鬼，坦坦荡荡，为什么也是遭此结局呢？当然有偶然的因素，但我后来仔细琢磨，觉得还是有一种个人的宿命这里面。

四爷去世已近二十年了。在那个遥远的冬夜，他依旧骑着他那辆破自行车，去河西给人家扎针，回来的路上，在马颊河河堤上——如果我没推算错，也就是那年他遇到女鬼的那段河堤——他被抢劫了。劫匪先是给了他一棍子，把他打倒在地，然后用胶带封住他的嘴，把他拖到河堤下面的一个沙窝里，掏走他身上的钱，竟然还骑走他那辆破自行车。一看就是一个穷得无法再穷的小劫匪，可他要了四爷的命。四爷被发现的时候，身子已经邦邦硬了。最遗憾的是，案子始终没有破。小新说："四爷真是死不瞑目啊。"

听完小新的话，我心里难受了半天。我倒是真的希望四爷这次遇到的是真鬼。因为他跟鬼斗了一辈子，死在鬼手里也算值了。可我知道四爷不怕鬼，应该说，鬼是怕四爷的。四爷早就告诉我，鬼的世界并不见得那么可怕，而人的世界也并不见得不可怕。

　　也许这就是四爷的宿命。不过，四爷毕竟是我们平原上的一位响当当的人物，他的死也绝对不同凡响，他的传奇伴随着他的死亡，也早已化为平原上的传说。

　　暗夜茫茫，四爷安息。

刘玉栋主要创作年表

· 短篇小说

《浮萍时代》《山东文学》1993 年第 10 期

《青春边缘》《当代小说》1993 年第 11 期

《雾》《当代小说》1994 年第 4 期

《生活无痕迹》《山东文学》1994 年第 5 期

《秋日无风景》《文学世界》1995 年第 6 期

《傍晚》《当代小说》1996 年第 3 期

《昏夏》《山东文学》1996 年第 8 期

《肉体与时光》《当代小说》1996 年第 9 期

《堆砌》《文学世界》1996 年第 5 期

《旧事二章》《青岛文学》1996 年第 10 期

《玉米生病的日子》《青春》1997 年第 3 期

《花花琉琉玻璃球球》《当代人》1997 年第 5 期

《日出日落》《当代小说》1997 年第 6 期

《傻女苏锦》《青年文学》1997 年第 6 期

《追梦》《山东文学》1997 年第 7 期

《家事》《短篇小说》1997 年第 8 期

《第一场雪》《佛山文艺》1997 年第 8 期

《淹没》《时代文学》1997 年第 5 期

《后来》《当代小说》1998 年第 1 期

《绿衣》《当代小说》1998 年第 1 期

《牧神的午后》《当代小说》1998 年第 1 期

《危楼听歌》《佛山文艺》1998 年第 3 期

《葵花地》《当代人》1998 年第 5 期

《酒水空间》《当代小说》1999 年第 5 期

《向北》《飞天》1999 年第 6 期

《梦中的大海》《山东文学》1999 年第 11 期

《平原的梦魇》《文学世界》1999 年第 6 期

《八九点钟的太阳》《钟山》2000 年第 1 期

《锋刃与刀疤》《东海》2000 年第 2 期

《白雪一片》《当代人》2000 年第 4 期

《高兴吧，弟弟》《广西文学》2000 年第 8 期

《平原三章》《江南》2000 年第 5 期

《黢黑锃亮》《莽原》2000 年第 5 期

《平原三章》《长江文艺》2001 年第 3 期

《葬马头》《长城》2001 年第 2 期

《小说选刊》2001 年第 6 期转载；

　　入选《2001 中国年度最佳短篇小说》

《2001 年度中国短篇小说精选》

《中国当代文学经典必读·2001 短篇小说卷》

《新实力华语作家作品十年选》。

《干燥的季节》《长城》2001 年第 2 期

《一个哈欠打去的梦》《佛山文艺》2001 年第 3 期

《火化》《天涯》2001 年第 5 期

《路灯》（日文）

《葡萄的味道》《当代人》2001 年第 9 期

《屠》《雨花》2001 年第 11 期

《蛇》《创作》2001 年第 5 期

《短篇小说选刊》2001 年第 12 期转载。

《给马兰姑姑押车》《天涯》2002 年第 3 期

《新华文摘》2002 年第 7 期转载；

《短篇小说选刊》2002 年第 7 期转载；

　　入选《十月少年文学》2017 年第 1 期"经典重读"；

　　获第二届齐鲁文学奖；

入选中国小说学会评选的"中国小说排行榜";

入选《21世纪中国文学大系·2002年短篇小说》

《2002年中国短篇小说年选》

《新世纪中国小说排行榜精选》

《最佳中国儿童文学读本》

《高中语文自读课本》。

《路灯》（英文）

《火色马》《春风》2002年第5期

《小说月报》2002年第7期转载;

《短篇小说选刊》2002年第7期转载;

入选《2002年度中国短篇小说精选》

《2002年中国短篇小说经典》。

《春色满园》《春风》2002年第5期

《受委屈的孩子》《芙蓉》2002年第6期

《乡村夜》《阳光》2003年第2期

《小说选刊》2003年第6期转载;

入选《2003中国年度最佳短篇小说》。

《怪胎》《橄榄绿》2003年第3期

《公鸡的寓言》《长城》2003年第4期

《短篇小说选刊》2003年第9期转载;

《儿童文学》2013 年第 3 期（中）"典藏"转载；

入选《2003 年中国短篇小说经典》

《最佳中国少年文学读本》。

《冬枣树下》《朔方》2003 年第 11 期

《冰》《郑州晚报》2003 年 12 月 8 日

《早春图》《天涯》2004 年第 3 期

《小说精选》2004 年第 8 期转载。

《幸福的一天》《红豆》2004 年第 6 期

入选中国小说学会评选的"中国小说排行榜"；

入选《2004 中国短篇小说年选》

《2004 年中国短篇小说经典》

《新世纪获奖小说精品大系》

《中国小说排行榜·十年榜上榜》。

《告别》《芙蓉》2004 年第 4 期

《红鲤鱼》《青海湖》2004 年第 8 期

《春旱》《春风》2004 年第 11 期

《小说二题》《山东文学》2005 年第 5 期（下）

《没什么大不了》《羊城晚报》2005 年 5 月 8 日

《病毒》《岁月》2005 年第 11 期

《玫瑰街角的两个老人》《山东文学》2007 年第 2 期

《战争底片》《山花》2007 年第 4 期

《灵魂伴侣》《天涯》2007 年第 5 期

　　入选《2007 年中国短篇小说经典》。

《胸脯》《飞天》2007 年第 9 期

《打野鸡》《满族文学》2010 年第 4 期

《一条 1967 年的鱼》《山花》2010 年第 6 期（B）

《父亲上树》《作品》2011 年第 8 期

　　入选《中国短篇小说年度佳作 2011》。

《石头三记》《边疆文学》2011 年第 8 期

《狐门宴或夜的秘密》《十月》2013 年第 1 期

《烧伤》《广州文艺》2013 年第 1 期

《台风》《时代文学》2013 年第 3 期

《紫斑》《天下》2013 年第 2 期

《家庭成员》《人民文学》2013 年第 6 期

《回乡记》《北京文学》2015 年第 6 期

《小说选刊》2015 年第 7 期转载；

　　入选《中国当代文学经典必读·2015 年短篇小说卷》。

《大寒》《青岛文学》2015 年第 10 期

《南山一夜》《人民文学》2016 年第 3 期

《中华文学选刊》2016 年第 5 期转载；

《文学教育》2016 年第 5 期转载；

　入选《2016 中国短篇小说年选》

《2016 年中国短篇小说精选》。

《锅巴》《天涯》2016 年第 4 期

《小说选刊》2016 年第 8 期转载。

《青春六段》《青年文学》2016 年第 7 期

《白雾三章》《青岛文学》2016 年第 11 期

《小说三题》《星火》2017 年第 1 期

《中华文学选刊》2017 年第 3 期转载。

《心火》《南方文学》2018 年第 1 期

《爸爸的故事》《芙蓉》2018 年第 2 期

《中华文学选刊》2018 年第 3 期转载。

· 中篇小说

《红枣红》《山东文学》1995 年第 4 期

《我们分到了土地》《人民文学》1999 年第 7 期

《小说选刊》1999 年第 9 期转载；

　入选《99 中国年度最佳小说·中篇卷》

《30 年改革小说选》；

　获第一届齐鲁文学奖。

《跟你说说话》《人民文学》2001 年第 5 期

《小说月报》2001 年第 7 期转载。

《芝麻开门》《十月》2001 年第 6 期

《大路朝天》《时代文学》2002 年第 1 期

《丫头》《中国作家》2003 年第 3 期

《越跑越快》《十月》2005 年中篇小说增刊

《消逝》《时代文学》2006 年第 3 期

《大鱼、火焰和探油仪》《十月》2008 年第 1 期

　　入选《2008 中国中篇小说年选》。

《苹果落地》《上海文学》2008 年第 9 期

　　入选《2008 年中国中篇小说经典》。

《河边的孩子》《时代文学》2011 年第 3 期

《暗夜行路》《作品》2012 年第 8 期

《小说月报》2012 年中篇小说增刊转载；

《中篇小说选刊》2012 年实力作家专号转载。

《风中芦苇》《鸭绿江》2014 年第 3 期

《小说选刊》2014 年第 5 期转载；

　　入选《中国当代文学经典必读·2014 年中篇小说卷》。

《蓝色隧道》《山东文学》2015 年第 5 期

《白雾》《小说界》2016 年第 4 期

《月亮舞台》《人民文学》2018年第2期

· 长篇小说

《天黑前回家》山东文艺出版社2004年7月版

《年日如草》《十月·长篇小说》2010年第3期

作家出版社2010年7月版；

《长篇小说选刊》2011年第5期转载；

获第二届泰山文艺奖（文学创作奖）。

· 儿童文学

《泥孩子》人民文学出版社、天天出版社2015年8月版

获首届青铜葵花儿童小说奖；

第六届中华优秀出版物奖图书奖。

《我的名字叫丫头》山东教育出版社2016年3月版

获2016年冰心儿童图书奖；

入选2016年度"大众喜爱的50种图书"。

《白雾》安徽少年儿童出版社2016年12月版

《月亮舞台》明天出版社2018年6月版

· 小说集

《锋刃与刀疤》中国文联出版社 2000 年 1 月

《我们分到了土地》山东文艺出版社 2001 年 12 月

《公鸡的寓言》山东文艺出版社 2005 年 12 月

《火色马》山东文艺出版社 2011 年 3 月

《浮萍时代》济南出版社 2012 年 8 月

《家庭成员》现代出版社 2014 年 8 月

《芝麻开门》百花文艺出版社 2015 年 11 月